Hanna Seipelt
Karl-Heinz Knacksterdt
Ilka Silbermann

Todes Blume

1. Auflage

Hanna Seipelt
Karl-Heinz Knacksterdt
Ilka Silbermann

Todes Blume

Kriminalroman

Bibliografische Information der Deutschen
Nationalbibliothek
Die Deutsche Nationalbibliothek verzeichnet diese
Publikation in der Deutschen Nationalbibliografie;
detaillierte bibliografische Daten sind im Internet
über http://dnb.d-nb.de abrufbar

Herstellung und Verlag:
BoD - Books on Demand, Norderstedt

ISBN 978-3-7488-14132-7

Kapitel 1

E s war kein guter Morgen – und es sollte auch kein guter Tag werden! Beim Klingeln des Weckers war Karin aus einem wenig erholsamen Schlaf erwacht, vielleicht hatte der Krimi, den sie sich noch am späten Abend im TV angesehen hatte, ihr Unterbewusstsein in Unordnung gebracht - jedenfalls geisterten immer wieder Szenen aus dem Film durch ihren Schlaf. Und dann auch noch dieser schreckliche, impertinent klingelnde Wecker, den sie im Halbschlaf von der Konsole gefegt hatte, was dem Lärm jedoch keinen Abbruch tat. Aufstehen und das Ding zur Ruhe bringen war die einzige Möglichkeit! Entsetzt stellte sie fest, dass sie ihn wohl falsch eingestellt hatte, denn es war bereits halb acht, und ihr neuer Arbeitgeber, bei dem sie erst wenige Wochen beschäftigt war, legte großen Wert auf Pünktlichkeit! Naja, damit war es heute ohnehin nicht weit her, sie war deutlich zu spät. An Duschen war unter diesen Umständen nicht mehr zu denken. Katzenwäsche, Zähneputzen, kurz die Haare gebürstet, das musste reichen, und frühstücken wollte sie in der Firma. Vor dem Verlassen ihrer Wohnung nahm sie ihn zur Hand – er roch ein wenig nach

'Alte Leute', betrachtete liebevoll die schön geschriebenen, wenn auch etwas zittrigen Buchstaben.

„Für Karin" las sie. Eilig steckte sie ihn dann in ihre Handtasche; warum, konnte sie nicht sagen.

Inzwischen kannte sie den Briefinhalt fast auswendig, so oft hatte sie ihn gelesen. Das Thema und die Gedanken an ihr Tantchen beschäftigten sie gestern den ganzen Abend über, bis endlich der Krimi anfing. Sie fürchtete die Reaktion ihres Bruders auf den Inhalt des Briefes. Egon konnte sehr fordernd sein und auch sehr aggressiv in seinen Reaktionen, und man kann sagen, dass er weder seine Tante, noch seine große Schwester liebte.

„Eine Stunde Verspätung, werte Dame!" Ihr Chef blickte vorwurfsvoll von seinem Schreibtisch auf, als sie endlich das Büro betrat. „Sie werden die Zeit heute nacharbeiten müssen!"

Zerknirscht nahm Karin seine Entscheidung zur Kenntnis. Aber auch als sie endlich an ihrem Schreibtisch saß, wollten die Grübeleien nicht aufhören.

Es wurde ihr klar, warum sie sich innerlich so mulmig fühlte. Die Tante hatte ihr bei Übergabe des Briefes gesagt, dass sie Karin als Alleinerbin ihres Häuschens einsetzen und Egon von dem Erbe ausschließen wolle. Karin habe sich immer liebevoll um sie gekümmert, und sie sei sicher, dass sie das Haus erhalten und gerne selbst darin wohnen würde. Die zur Erbschaft gehörenden Ersparnisse würden ihr helfen, es zu modernisieren und alles nach ihrem Geschmack neu einzurichten.

Sie hatte sich über diesen Entschluss der Tante sehr gefreut, aber nun legte sich das Wissen, dass Egon vor Wut darüber schäumen würde, wie ein dunkler Schatten auf ihr Gemüt. „Na, noch ist Tante Amalie putzmunter! Vielleicht überlegt sie sich das mit der Änderung des Testamentes noch mal!" redete sie sich gut zu – bis er von dem Brief erfahren würde, war hoffentlich noch sehr lange hin.

Als sie sich dann endlich auf den Heimweg machen konnte, war es schon sehr spät. „Vielleicht schaffe ich es doch noch bis 20.00 Uhr nach Hause! Aber als erstes schaue ich noch bei Tante Amalie vorbei. Sie wird doch nicht krank sein ..." Auf mehrere Versuche, die Tante telefonisch zu erreichen, hatte diese nicht reagiert.

Beim Haus angekommen, drückte sie lange auf den Klingelknopf, jedoch die Tante reagierte nicht. Nun war Karin doch beunruhigt. Zum Glück fiel ihr ein, dass - für den Fall der Fälle – ein Hausschlüssel unter einem Stein beim Brunnen im Garten versteckt war.

Dort fand sie tatsächlich den Schlüssel. Aber etwas irritierte sie dabei. Wie es der schien, war der Stein vor kurzem erst bewegt worden, es sah einfach nicht so aus, als habe er dort seit Monaten unberührt gelegen - er wäre doch dann von Schmutz überzogen und von Unkraut halb überwuchert gewesen.

Sie beeilte sich, ins Haus zu kommen. Der Anblick, der sich ihr dort bot, war schockierend: Zerbrochenes Geschirr lag auf dem Flur, Stühle waren umgeworfen, Wäsche lag auf dem Fußboden verstreut und in der Küche befand sich ein einziges Chaos ...

Karin fühlte ihr Herz beschleunigt im Hals klopfen. Hektisch rannte sie durch das ganze Haus, auf der Suche nach ihrer Tante. Dabei rief sie immer und immer wieder deren Namen: Tante Amalie! Schließlich hatte sie alle Räume durchsucht. Nichts! Das Blut rauschte in ihren Ohren, dennoch versuchte sie, das kleinste Geräusch wahrzunehmen, in der bangen Hoffnung, von irgendwoher ein Lebenszeichen zu hören.

Überlegend und ängstlich sah sie sich um. Im Keller hatte sie noch nicht nachgeschaut. Langsam schritt sie auf die Tür zu, drückte vorsichtig die Klinke herunter, doch es tat sich nichts. Abgeschlossen. Sie trommelte gegen das Holz. „Tante Amalie!" Lauschend legte sie ihr Ohr an die Tür. Im Geiste schritt sie die dunkle Steintreppe herab, sah sogar vor ihrem inneren Auge die überhängenden Spinnweben, die dem schwachen Augenlicht der Tante immer wieder entgangen waren und roch fast den feucht-modrigen Atem des Gewölbes. „Blödsinn!", schalt sie sich. „Stemmeisen oder Schlüssel?" Dann rannte sie in den Garten, wo die Werkzeuge in einem kleinen

Schuppen aufbewahrt wurden.

Unterwegs wählte sie hektisch den Notruf auf ihrem Handy. Das sah im Haus doch alles verdächtig nach Einbruch aus! Atemlos nannte sie ihren Namen und die Adresse und schilderte kurz, wie sie die Wohnung der Tante vorgefunden hatte und dass die Tante nicht aufzufinden sei. Der Mann von der Notrufzentrale sprach beruhigend auf sie ein. Ein Polizeiwagen sei schon unterwegs, sie solle sich erst einmal keine Sorgen machen.

Beim Schuppen angekommen öffnete sie mit zittrigen Händen die Tür und griff sich die alte Brechstange, die an der Wand hing. Sollte sie damit nun versuchen, die Kellertür aufzubrechen? Oder war es nicht klüger, auf die Polizisten zu warten? Was wäre, wenn die Tante einfach nur ausgegangen war und plötzlich total verwundert in der Haustür stehen würde? Aber wie kam dann das Chaos in der Wohnung zustande? Auf dem Weg zur Kellertür kam sie an dem kleinen Gäste-WC vorbei, das die Tante einmal zusätzlich hatte einbauen lassen, aber überaus selten benutzte. Hier hatte sie noch nicht nachgesehen! Mechanisch riss sie auch diese Tür auf.

Und nun wurden ihre schlimmsten Befürchtungen wahr: da lag die Tante auf dem Fußboden, seltsam verdreht, als sei sie unter heftigsten Krämpfen gestorben. Ja, sie war tot, das war sofort zu erkennen. Sie lag da, in ihrem rosafarbenen Unterrock, aber trug dicke Wollsocken und einen Schal um den Hals geschlungen. „Als wäre ihr viel zu heiß gewesen und dann wieder viel zu kalt!" ging es Karin durch den Kopf.

In diesem Moment hörte sie den Polizeiwagen vorfahren, und es klingelte an der Haustür.

Kapitel 2

S ie öffnete. Vor ihr stand eine dunkelhaarige junge Frau in Uniform, die Dienstmütze in der Hand: „Sie haben den Notruf alarmiert? Was ist denn passiert?"

Karin trat einen Schritt zurück und wies auf die von ihr geöffnete Tür der Gästetoilette und auf das Chaos im Flur und in der Küche.

„Oh", war die Reaktion der jungen Polizistin „Oh, haben Sie schon die Rettung alarmiert?"

Im gleichen Moment bog der Rettungswagen auf die Einfahrt zum Haus ein, mehrere Sanitäter sprangen heraus, einer von Ihnen nahm einen roten Notfallrucksack auf den Rücken. Die Frage der Polizistin wiederholte sich: „Was ist denn passiert?" Wieder wies Karin auf die so verkrümmt in dem kleinen Raum liegende Tante. Die Frau mittleren Alters, die mit dem Rettungswagen gekommen war, ergriff sofort die Initiative:

„Alle gehen jetzt ins Haus oder hinaus in den Garten!"

Die Notärztin untersuchte Tante Amalie, soweit dies in der verdrehten Körperhaltung der alten Frau möglich war.

„Trage!" befahl sie den beiden Sanitätern, die sofort zum Wagen spurteten und mit einer Trage zurückkamen. „Jetzt die Frau ganz vorsichtig aus dem Raum heben, ich halte den Kopf, Edwin nimmt den Oberkörper, Dirk die Beine!"

Die Mannschaft tat wie von der Ärztin angeordnet, und legte den Körper ganz sanft und vorsichtig auf die Trage. Anschließend beugte sich die Ärztin erneut darüber:

„Wir brauchen keinen Krankenwagen, ruft die Leute von der Gerichtsmedizin – ich kann nicht mehr helfen!"

Karin schossen nun die Tränen in die Augen, jetzt, wo sie die amtliche Bestätigung bestätigte, was sie vorhin bereits auf den ersten Blick gesehen hatte und doch nicht glauben wollte - ihr geliebtes Tantchen war tot! Sie setzte sich auf den kleinen Sessel, der seit ewigen Zeiten schon im Vorflur stand, und in dem sie schon als kleines Mädchen gern gesessen hatte, um mit der Hauskatze zu spielen. „Die Katze! Wo ist Maunz der Vierte?" Alle Kater von Tante Amalie hießen Maunz, und im Verlaufe ihres langen Lebens war er halt der Vierte in der Reihe der Edelkatzen, deren Aufgabe nicht der Mäusefang, sondern das gemütliche Schnurren auf Tantchens Schoß gewesen war. „Wo ist Maunz?" Niemand, kein Sanitäter und kein Polizist, hatte in der Zwischenzeit das Wohnzimmer und die Küche mit seinem Chaos betreten. Und nun fiel Karin ein, wo sich der Schlüssel zur Kellertür befand, die allerdings immer verschlossen war, seit Onkel Gustav einmal die steile Treppe hinuntergefallen war. Normalerweise lag er im unteren Regal des altmodischen Küchenschrankes, gleich neben dem Becher mit dem Oberstdorf-Motiv, den Amalie und Gustav vor vielen Jahren aus dem Urlaub mitgebracht hatten. Onkel Gustav schon vor einigen Jahren verstorben, und Amalie hatte mit Haus und Garten allein zurechtkommen müssen, soweit Karin nicht mit anpackte.

Schnell ging sie in die Küche, um den Schlüssel zum Keller zu holen. Die Beamtin folgte ihr, beobachtete einen Augenblick, wie Karin den Schrank öffnete und den Schlüssel an sich nahm.

„Den müssen Sie nun mir überlassen. Sie dürfen jetzt nichts mehr anfassen. Sie verstehen – die Spusi."

Karin blicke sie verstört an. Die Worte der Frau drangen wie durch einen Nebel in ihr Verständnis. „Spusi?", wiederholte sie mechanisch, ohne den Sinn zu begreifen.

„Ja, die Spurensicherung. Ich habe die Kripo gerufen. Sieht ja nicht gerade nach einem natürlichen Tod aus. Sie müssen sich zur Verfügung halten. Am besten", sie holte ihr Tablet hervor, „nehme ich schon mal Ihre Personalien auf." Sie strahlte innerlich über ihren Einfall. Irgendwann, so träumte sie, irgendwann gehörte sie zu einem Ermittlerteam.

Karin schwankte, der Schockzustand ließ nach, so dass sich nun der Schrecken und das Entsetzen bemerkbar machten.

„Setzen Sie sich besser hin. Fehlte noch, dass Sie aus den Latschen kippen." Die Polizistin fühlte sich „Frau" der Lage. „Ich würde Ihnen gern ein Glas Wasser geben, aber Sie wissen ja… Fingerabdrücke", lächelte sie schief.

Suchend sah Karin sich um. Es gab keinen Küchenstuhl, der an seinem Platz stand. Als hätte sich hier ein Wirbelsturm ausgetobt, so lagen sie verstreut auf dem Boden.

„Kommen Sie, wir setzen uns in das Dienstauto, dort können wir alles besprechen, bis das Einsatzteam und der Leichenwagen eintreffen." Karin wurde noch etwas blasser bei der Erwähnung des Leichenwagens. Wie betäubt folgte sie der Beamtin zu dem Fahrzeug, bei dem ihnen die permanent schnarrenden und knisternden Geräusche der Funkmeldungen durch das geöffnete Fenster entgegen drangen.

Die junge Frau setzte sich hinter das Steuer und gab als erstes ihre Meldung an die Zentrale, Karin hatte mittlerweile auf dem Beifahrersitz Platz genommen.

Die Beamtin drehte sich zu Karin, schaltete ihr Tablet ein und begann etwas hinein zu tippen.

„Name?", sie blickte nicht einmal auf, als Karin ihr nacheinander alle gewünschten Angaben machte.

Dann klappte sie die Schutzhülle zu, schaute Karin zum ersten Mal prüfend ins Gesicht und bemühte sich um ein verständnisvolles Lächeln, als sie sagte:

„Jetzt erzählen sie mal der Reihe nach, was passiert ist." Karin berichtete dann, dass sie schon mehrmals am Tag versucht hatte, die Tante telefonisch zu erreichen, so wie sie es stets täglich tat, weil sie die alte Dame betreute.

Als diese aber nicht antwortete, sei sie sofort nach der Arbeit zu ihr gefahren, wobei es heute später war als üblich, weil sie länger arbeiten musste. Den Grund verschwieg sie nach kurzer Überlegung, da er ihr unwichtig erschien. Während Karin berichtete, durchlebte sie erneut diese Minuten der Angst um ihre Tante und den Augenblick, als sie die WC-Tür öffnete. Als sie vor ihrem geistigen Auge die alte Dame dort wieder liegen sah, erfasste sie ein Würgereiz. Jäh drehte sie sich zur Tür hin und öffnete diese gerade noch rechtzeitig, als der Reiz übermächtig wurde und der Magen alles von sich gab.

Als sie sich endlich wieder gefangen hatte, wagte sie die Frage an die Beamtin: „Denken Sie, ein Einbrecher hat meine Tante getötet? Und wann kann ich nachsehen, ob etwas fehlt und wo ihr Kater Maunz steckt?" „Das werden wir gleich tun können", beruhigte sie die Polizistin. „Wir werden erst Ihre Fingerabdrücke nehmen, um sie von anderen Spuren zu unterscheiden, und dann gehen wir gemeinsam die Räume durch, damit Sie mir berichten können, was Ihnen auffällt."

In diesem Moment wurde der verhüllte Leichnam der Tante aus dem Haus getragen.

Der angeforderte Leichenwagen würde sie nun zunächst in die Pathologie zur näheren Untersuchung bringen. Jetzt wurde Karin von einem Weinkrampf geschüttelt. Was für ein schrecklicher Tag! Was für ein Unglück! Solch ein erbärmliches Ende für diese liebenswürdige Person, die ihre Tante gewesen war!

Zwei Zivilfahrzeuge fuhren an der Straße vor.

„Aha, die Kripo, die sind heute aber schnell!" verwunderte sich die Polizistin Pauls. Ihren Namen las Karin jetzt erstmals auf der Brusttasche der Uniform. Drei Männer und zwei Frauen stiegen aus, die Kofferräume der Fahrzeuge wurden geöffnet und weiße Kunststoff-Taschen herausgenommen. Die Mitarbeiter der Spurensicherung zogen die Schutzkleidung an, Handschuhe und Überschuhe komplettierten die Ausrüstung, dazu zwei Aluminiumkoffer mit technischen Gegenständen. Sie gingen mit schnellen Schritten zum Haus und traten ein.

Routiniert wurde zunächst die Gästetoilette überprüft, alle Türen und Türrahmen für das Nehmen von Fingerabdrücken eingestäubt. Anschließend wurden viele Fotos in der Küche und im kleinen Wohnzimmer geschossen.

„Haben sie irgendetwas angefasst, verändert, weggeräumt?" fragte einer der Männer Karin, die inzwischen zusammen mit Else Pauls ebenfalls ins Haus gekommen war.

„Fehlt etwas?"

„Nein, ich wollte nur den Schlüssel zur Kellertreppe holen, und da sie verschlossen ist, wollte ich einfach dort nachsehen, als ich nach der Tante und nach dem Kater suchte, aber dann fand ich Tantchen ja im kleinen Gäste-WC....". Wieder kamen ihr die Tränen.

Da kam einer der Beamten von der Spurensicherung auf sie zu, den Kater Maunz auf dem Arm.

Sie streckte beide Arme aus, um ihn an sich zu nehmen – obwohl er sich wehrte, fauchte, die Krallen ausfuhr. Sie hielt ihn fest umklammert, in der Furcht, er könne sofort in Panik fortlaufen, wenn sie ihn herunter ließe. Der Kater war urplötzlich aufgetaucht, keiner wusste woher.

Allmählich wurde das Rätsel über das, was geschehen war, immer größer: nichts im Haus fehlte! Da lag der

Schmuck der Tante im Schmuckkästchen im Schlafzimmer. Da fand sich Bargeld in der Börse in der Handtasche und es gab sogar einen nicht unbeträchtlichen Geldbetrag in einem Umschlag in der Nachttischschublade. Einen Einbruch hatte es also wohl nicht gegeben, einen Raub ebenso wenig. „Oh, da fällt mir doch etwas auf: Oben links auf dem Küchenschrank stand bisher immer Tante Amalies Schmugeld-Dose!"

„Schmugeld?" Der Polizist konnte mit dem Begriff nichts anfangen.

„Ja, Geld, das die Tante immer vom Haushaltsgeld abgezweigt hat, um uns, als wir noch Kinder waren, manchmal etwas zustecken zu können – das hat sie auch in den letzten Jahren immer noch so gehandhabt."

„Und die Dose ist weg? Wie sah sie denn aus?"

„Es war eine alte Keksdose, rund, blau mit Zwiebelmuster, so etwa 10 cm hoch, und manchmal waren viele Scheine darin!" Es war seltsam, warum entwendete jemand eine alte Keksdose und ließ Schmuck und Bares in größeren Scheinen zurück?

Alles, was bisher offensichtlich war, war die Tatsache, dass sich jemand mit dem Schlüssel Zutritt zum Haus verschafft hatte, der im Garten unter dem Stein versteckt gewesen war. „Maunz, mein Kleiner, wo hast du denn so lange gesteckt? Ich habe dich schon vermisst!" Karin flüsterte dem Kater ins Ohr – sie mochte das Tier sehr gern. „Ob ich den kleinen Kerl mitnehmen darf, wenn Sie hier fertig sind?" fragte sie den nächststehenden Polizisten.

„Ja, warum denn nicht, er wird wohl nicht der Täter sein", erwiderte der und sah das Tier freundlich an, stutzte dann jedoch plötzlich.

„Wissen Sie, wo und wann sich der Kater die rechte Pfote verletzt hat?" Jetzt sah es auch Karin, die Pfote war voller getrocknetem Blut, wie es schien.

„Jutta, komm doch bitte mal her!" rief er zu einer Kollegin, „ist das Blut?" „Ja," meinte die Kollegin, „das sieht so aus, aber die Pfote ist nicht verletzt!" „Dann könnte das Blut vom Täter stammen?"

„Muss ich untersuchen, kann auch schon älter sein." Sie nahm ein Reagenzröhrchen aus ihrem Koffer, dazu ein Wattestäbchen, ein Fläschchen mit einer hellen Flüssigkeit, um einen Abstrich von Maunz' Pfote zu machen. Der reagierte mit heftigem Fauchen, das gefiel ihm überhaupt nicht. Karin versuchte, das Tier wieder zu beruhigen und sagte in Richtung der Beamtin:

„Soll ich es einmal versuchen, mich kennt der Kater!?" „Ja, das ist gut, machen Sie mal!" Tatsächlich gelang es Karin, bei Maunz den Abstrich vorzunehmen..

Kapitel 3

In diesem Augenblick fuhr ein weiteres Fahrzeug vor. „Unser Hauptkommissar!" flüsterte die Beamtin Karin zu, „er wird die Untersuchung leiten."

Inzwischen war es fast Mitternacht geworden. Schlechtgelaunt, bärbeißig kam der schon kurz vor seiner Pensionierung stehende Hauptkommissar auf Karin zu. Sie meinte, einen leichten Geruch von Rotwein an ihm wahrzunehmen.

„Hauptkommissar Fasner", stellte er sich knapp vor. „Bin schon von den Kollegen weitgehend unterrichtet. Offensichtlich ist Ihre Tante nicht an irgendwelchen Verletzungen gestorben, wie man bei einem Überfall oder Einbruch annehmen könnte.

Das ist die vorläufige ärztliche Einschätzung. Aber wir müssen den Bericht des Pathologen über die Todesursache abwarten." Und an Karin gewandt: „Ruhen Sie sich erst einmal aus und erholen sich etwas von dem Schock. Aber halten sie sich zur Verfügung - wir nehmen dann wieder Kontakt mit Ihnen auf!"

„Gibt es jemanden, den Sie anrufen können, so dass Sie heute Nacht nicht allein sein müssen?" fragte nun Else Pauls. „Oh, ich muss ja meinen Bruder benachrichtigen!" fiel Karin dadurch ein. Obwohl sie alles andere als begierig war, ausgerechnet mit ihm nun über dieses Unglück zu sprechen.

„Sie sehen nicht so aus, als wäre er eine Hilfe für Sie in dieser Situation", bemerkte die Polizistin, die Karins Gesichtsausdruck zu deuten wusste.

„Das stimmt! Mein Bruder und ich haben nicht gerade ein herzliches Verhältnis zueinander. Hund und Katze trifft es wohl so ziemlich genau." Dabei warf sie einen Blick auf den Kater Maunz in ihrem Arm.

„Im Keller ist die Transportkiste für Maunz, ich müsste sie holen. Tante Amalie bewahrt sie dort immer auf, für die Routineuntersuchungen beim Tierarzt."

„Ich werde einen Kollegen bitten, die Kiste zu holen, Sie dürfen noch nicht wieder ins Haus!"

Im nächsten Augenblick klingelte Karins Smartphone. Umständlich kramte sie in ihrer Jackentasche und fischte es heraus, wobei der Kater versuchte, sich zu befreien. Das Handy fiel zu Boden und verstummte. Hilflos brach Karin wieder in Tränen aus. Sie war einfach restlos mit dieser Situation überfordert. Die Beamtin sah sofort was geschehen war, hob das Telefon auf und warf einen Blick auf das Display. „Das war ein 'Thomas'. Wollen Sie zurückrufen?"

„Das ist mein Freund. Den hab' ich ganz vergessen. Wir hatten noch eine Verabredung heute Abend."

„Rufen Sie ihn an. Sicher ist er jetzt hilfreicher, als Ihr Bruder. Wenn Sie wollen übernehmen wir es, ihn zu informieren."

Karins Gesicht hellte sich für einen Augenblick auf und dankbar nahm sie das Angebot an.

Zufrieden ging Else Pauls, um den Hauptkommissar zu informieren. Vielleicht konnte man auch schon an der ersten Reaktion dieses Freundes nähere Einblicke zum Tathergang bekommen.

Die Beamtin drehte sich noch einmal zu Karin um. „Wann sagten Sie, hatten sie die Verabredung mit Ihrem Freund?"

„Um 21.00 Uhr. Warum?"

„Ach, nur so!" Die Polizistin warf einen Blick auf ihre Armbanduhr. 0.15 Uhr. „Sehr merkwürdig! Mit der Liebe scheint es ja nicht so weit her zu sein. Wenn er sich erst jetzt, nach mehr als drei Stunden, nach ihr erkundigt ...", überlegte sie stumm.

Ein Beamter kam mit der Transportkiste, öffnete sie,

und gemeinsam konnten sie den Kater verstauen. Karin fasste sich an die Stirn.

„Ich brauche noch das Katzenfutter, das meine Tante in der Speisekammer aufbewahrt. Würden Sie es mir auch noch holen?"

„Ja, sicher." Ein mitleidiger Blick streifte sie. Diese junge Frau war wirklich total „von der Rolle".

„Sind Sie sicher, dass Sie in diesem Zustand Auto fahren können? Wir könnten Sie nach Hause bringen, und morgen holen Sie ihr Fahrzeug wieder ab."

„Danke, das ist sehr nett. Ich versuche jetzt meinen Freund zu erreichen, vielleicht kann er mich nach Hause bringen. Ich glaube, Sie haben recht und ich sollte jetzt nicht selbst fahren."

Der Beamte nickte und verschwand.

„Thomas?" Er hatte das Gespräch sofort angenommen. Ihre Stimme zitterte, als sie sagte: „Kannst du mich bitte von Tante Amalie abholen? Etwas Schreckliches ist passiert!" Weiter konnte sie nicht sprechen. Ihre Stimme versagte. Sie nickte nur immer wieder, als er beschwörend auf sie einsprach. Else Pauls konnte jedes Wort verstehen und war nun doch über die Besorgnis und Wärme in seiner Stimme überrascht, als er versuchte sie zu beruhigen und versprach, sofort ins Auto zu springen.

Hauptkommissar Fasner rieb sich die Hände, als er hörte, dass Karin von ihrem Freund abgeholt wurde. „Sehr gut. Dann können wir uns bereits einen ersten Eindruck auch von ihm verschaffen."

Nach etwa dreißig Minuten kam Karins Freund Thomas mit seinem Cabrio angefahren, schaltete den Motor ab und lief sofort auf Karin zu, die noch immer neben dem Streifenwagen wartete: „Karin, was ist denn passiert? Ich habe den ganzen Abend auf dich gewartet!".

„Tante Amalie ist gestorben!", schluchzte sie, „Und du hast über drei Stunden gebraucht, um mich zu vermissen?" Sie blickte hinüber zu Frau Pauls, die die Szene kritisch-interessiert betrachtete und auf die Beiden zuging:

„Sie haben Alkohol getrunken?" Thomas erschrak:

„Haben Sie keine anderen Probleme in dieser Nacht? Nein, ich hatte keinen Alkohol, aber mehrere alkoholfreie Biere!"

„Dann ist es ja gut", antwortete ihm die Beamtin.

Thomas wandte sich kopfschüttelnd wieder seiner Freundin Karin zu: „Natürlich nicht, was denkst du denn von mir! Ein guter Freund, Peter Pauli, du kennst ihn ja, saß zufällig in unserer Stammkneipe, und mit dem habe ich mich total verquatscht, bitte sei mir nicht böse!" Er umarmte seine Freundin besonders herzlich.

„Sie sind der Freund von Frau Mertens?". Der Kommissar war inzwischen herbeigekommen. Er sah verkniffen zu Thomas hinüber. „Ihr Name?"

„Thomas Helmers, guten Abend."

„Ja, ja, guten Abend. Es ist kein guter Abend, und auch keine gute Nacht, wie Sie sich denken können." Er überlegte einen Augenblick lang. „Sagen Sie: haben Sie einen Vater?"

„Natürlich habe ich einen Vater, Herr – wie war doch Ihr Name?"

„Verzeihung, Hauptkommissar Fasner, ich leite hier die Ermittlungen. Zu meiner Frage: ich kannte einmal einen Siggi, Siegfried Helmers, deshalb meine Neugier. Wir waren in der selben Handballmannschaft."

„Das war mein Vater! Er ist leider vor drei Jahren bei einem Segelunfall ums Leben gekommen."

„Oh, das tut mir leid! Aber jetzt zu Ihnen Herr Helmers. Wie haben Sie den heutigen Abend verbracht?"

„Ist das jetzt ein Verhör, Herr – Fasner?" Kurze Pause. „Ich habe es gerade meiner Karin gesagt: ich war in der Kneipe, in der wir verabredet waren, und habe einen Kumpel getroffen. Wir hatten viel zu erzählen, und so habe ich meine Verabredung mit Karin glatt vergessen.“

„Name, Anschrift des Kumpels?“

Thomas gab ihm die Informationen, wendete sich dann an Karin: „Karin, sag, hast du eigentlich den komischen Typen noch mal wieder gesehen, der dich ein paar Mal beobachtet hat? Kann der von deiner Tante etwas wissen?“

Der Kommissar war hellhörig geworden. „Ein Stalker so etwas ähnliches?“ Karin dachte einen Augenblick nach, ein leichter Schatten verdunkelte kurz ihren Blick.

„In den letzten Tagen nicht, jedenfalls habe ich ihn nicht bemerkt. Aber wenn ich so darüber nachdenke: der Mensch, den ich vorher einige Male gesehen hatte – das könnte auch eine Frau gewesen sein, jedenfalls ein sehr androgyner Typ.“

„Eine Frau, die Ihnen nachstellt? Ist das aus Ihrer Sicht zumindest theoretisch möglich?“

Der Kommissar war verwundert, erwartete aber zunächst keine Antwort: „Ich denke, wir sollten die Befragungen morgen, nein heute Vormittag im Präsidium fortsetzen. Vielleicht haben wir dann ja auch schon erste Ergebnisse der Obduktion und können die Situation besser einschätzen. Herr Helmers, Sie kümmern sich um Frau Mertens und den Kater?“

Er wandte sich an die Besatzung des Streifenwagens: „Sie können jetzt auch zunächst Feierabend machen hier, ich gehe noch einmal kurz zur Spusi hinüber. Ach ja", fügte er noch, schon im Weggehen, hinzu, „und besorgen Sie mir morgen früh gleich den Bruder, Frau Mertens hat ja die Anschrift!"

Die Spurensicherung war ebenfalls schon im Begriff, Material und alle Dinge der Beweissicherung in ihren Fahrzeugen zu verstauen. „Gute Nacht, Damen und Herren, ich erwarte Ihren Bericht morgen, nein, heute früh auf meinem Schreibtisch, soweit das die Laborergebnisse schon zulassen. Gute Nacht!"

Hauptkommissar Fasner versiegelte noch eigenhändig die Haustür, nachdem er beide Schlüssel, den vom Garderobentischchen neben der Tür, und den, der zuvor unter dem Stein gelegen hatte, eingetütet umständlich in einer der vielen Taschen seines Mantels verstaute. Dann stapfte er, mürrisch wie bei seinem Ankommen, zu seinem Wagen – „Wieder einmal eine total versaute Nacht!" war sein Gedanke dabei.

Karin und Thomas schauten sich an, als sie in Thomas' Wagen saßen: „Irgendwie erinnert mich der Kommissar an Inspektor Columbo …!" sinnierte Karin.

Kapitel 4

Am nächsten Morgen. Der Leichnam von Amalie Busche war bereits von einem Pathologiehelfer auf das eiskalte Blech des Seziertisches gelegt und mit einem großen grünen Tuch bedeckt worden, als Frau Dr. Charlotte Wilk ihren Arbeitsraum betrat.

Der Assistent nahm das Tuch vom Tisch und faltete es zusammen – später würde er es in den großen Wäschebehälter am Ausgang legen.

„Was hat man uns denn hier für eine dürre Gestalt geliefert? Man traut sich ja kaum, das Skalpell anzusetzen, da ist man ja schon gleich auf der anderen Körperseite! Wen haben wir denn überhaupt hier auf dem Tisch?"

Der Assistent blickte auf das am rechten großen Zeh befestigte Etikett.

„Amalie Busche, geboren 24. 3. 1939!"

Dr Wilk fragt ihren Helfer: „Was sagt der Notarzt, woran sie verstorben ist?"

„Herzversagen steht im Totenschein."

„Sterben wir nicht alle irgendwann, irgendwie an Herzversagen, Peters?" Und nach einer kurzen Pause: „Na, dann wollen wir mal ans Werk gehen, mal schauen, was uns die alte Dame zu sagen hat!"

Peters nickte nachdenklich und reichte seiner Chefin ein Skalpell.

Als Karin an diesem Morgen erwachte, fühlte sie sich völlig zerschlagen. Es war eine unruhige Nacht gewesen mit wirren Träumen. Sie war froh, dass Thomas sie nach Hause gebracht hatte und dann bei Ihr geblieben war. Sie reckte sich und ging zum Fenster, um die Vorhänge zu öffnen. Und schon spürte sie wieder Unbehagen - direkt in ihrer Blickrichtung stand unten im Vorgarten dieses Wesen und schien ihr geradewegs ins Gesicht zu sehen. Große schlanke Gestalt, bekleidet mit Jogginghose und Sportschuhen, grauem Kapuzenpulli - die Kapuze weit ins Gesicht gezogen und mit einer großen Sonnenbrille. In der gleichen Sekunde senkte die Person den Kopf und lief davon, in leichtem Trab, wie ein ganz normaler Jogger bei seinem Morgentraining. Schnell trat sie vom Fenster zurück und schüttelte sich unwillkürlich, so als könnte sie die Beklemmung damit loswerden. Nein, Thomas würde sie nicht erzählen, dass sie den schon wieder gesehen hatte. Er versuchte sie ja immer auszulachen, als bilde sie sich das Ganze ein. Obwohl - hatte Thomas sie nicht gestern selbst im Beisein des Kommissars nach diesem Typen gefragt, der immer wieder auftauchte? Wollte er damit der Polizei einen Hinweis geben? Nahm er ihre Angst und Befürchtungen doch ernst, jetzt, wo die Tante auf so merkwürdige Art und Weise gestorben war? Mechanisch ging sie zur Haustür, um die Zeitung zu holen. Aber da war noch etwas anderes durch den Briefschlitz geworfen worden: ein gefaltetes Blatt Papier. Mit zitternden Fingern nahm sie es auf und las:

„Nimm dich in acht! Ich weiß was geschehen ist! - Dein Schutzengel".

Entsetzt ließ sie sich auf einen Stuhl fallen. Was sollte das bedeuten? War das eine Drohung? Schnell knüllte sie den Zettel zusammen und schob ihn in die Tasche ihrer Jacke, die über diesem Stuhl hing, da nun Thomas mit lautem Gähnen sich aufsetzte und zu ihr herüber sah. Nein, ihm wollte sie noch nichts darüber sagen, erst einmal musste sie sich über die Geschehnisse des Vortages klarwerden, und wie es heute nun weitergehen sollte. Sie musste dringend ihren Chef anrufen und ihm mitteilen, dass sie erst einmal nicht kommen konnte.

Wie sollte sie sich im Büro konzentrieren, mit den tausend Fragen, die durch ihren Kopf gingen. Und dann musste sie sich so früh wie möglich beim Kommissariat melden und nachher um die Formalitäten für die Beerdigung kümmern sowie um alles andere, was jetzt auf sie zukam. Danach war es wichtig mit Egon zu sprechen, auch wenn sie darauf absolut keine Lust verspürte.

Sie wählte den Kontakt auf ihrem Smartphone und rief im Büro an. Das dürfte sie möglicherweise ihren Arbeitsplatz kosten, dachte sie noch, als ihr Chef sogar persönlich am anderen Ende war.

„So, und das soll ich Ihnen glauben? Na, Sie haben Mut, mir solch haarsträubende Geschichte aufzutischen. Am besten holen Sie sich gleich ihre Sachen ab!"

„Nein, so hören Sie doch! Es stimmt. Sie können sich gerne beim Kommissariat erkundigen. Ich mache mit dem Tod meiner Tante keine Scherze. Sie wurde umgebracht! Wissen Sie, was das für mich bedeutet?" Karin war außer sich.

Für einen kleinen Augenblick war außer den Bürogeräuschen im Hintergrund nichts zu hören. „Sind Sie noch dran?", fragte Karin.

„Ja! Okay, wenn das so ist …", er räusperte sich, „dann nehmen Sie sich die Zeit, die sie brauchen, um alles zu regeln."

„Danke", hauchte Karin.

Kapitel 5

S uper, mein Schatz! Dann können wir wohl gemütlich frühstücken gehen. Ich lade dich ein." Thomas, der den Sinn des Gesprächs sehr schnell erfasst hatte, sprang schwungvoll aus dem Bett, eilte zu ihr, umfasste sie von hinten und flüsterte ihr bedeutungsvoll ins Ohr: „Es sei denn, dass du einen ganz anderen Hunger hast."

Empört drehte sich Karin zu ihm um, sah ihm in die Augen und beschloss dann, doch lieber nichts zu sagen. Er erschien ihr mit einem Mal so fremd. War er schon immer so unsensibel gewesen? So egoistisch?

Nachdenklich wandte sie sich ab und ging ins Bad. Thomas schnappte sich derweil die Zeitung und rief zu ihr herüber: „Ich finde nichts über den Vorfall in der Zeitung. Wird wohl erst morgen drinstehen."

Karin schüttelte den Kopf und drückte die Zahnpasta aus der Tube, hob die Zahnbürste an ihre Zähne und betrachtete sich dabei im Spiegel. Tiefe Ringe unter ihren Augen wiesen auf die Strapazen der vergangenen Nacht hin.

Dazu kam noch der Gedanke an diesen ominösen Zettel, der sich jetzt wieder aufdrängte, und der Typ im Jogginganzug vor dem Haus, der ihr nicht zum ersten Mal aufgefallen war. Diesmal wollte er sich ganz offensichtlich entdecken lassen. Was hatte das alles zu bedeuten?

„Schutzengel" hatte sich der anonyme Schreiber genannt. War da ein Zusammenhang zwischen diesem Typen und dem Brief? Und was will er oder sie genau gesehen haben? Den Mord an ihrer Tante? Ja, um Himmelswillen, warum geht er dann nicht zur Polizei?

Oder war er es am Ende sogar selbst?

Energisch schrubbte sich Karin die Zähne, um die aufsteigende Panik zu unterdrücken.

Thomas lugte gutgelaunt durch die Tür. „Bist du bald soweit? Ich habe mächtig Hunger."

Befremdet sah sie auf und wunderte sich immer mehr über seine Verfassung. Er sah eher so aus, als hätte er etwas zu feiern, als dass er über den Tod ihrer Tante betroffen schien. Das gefiel ihr ganz und gar nicht.

Einige Zeit später verließen sie gemeinsam die Wohnung und fuhren hinunter zum Bäcker, wo bereits etliche Frühstücksgäste an den Tischen saßen. Lautes Stimmengewirr klang ihnen entgegen. Hier konnte man sich ungestört unterhalten, ohne befürchten zu müssen, dass jemand sie belauschen würde.

In Karin hatten sich während der Fahrt die Emotionen gestaut. Gleich nach der Bestellung konnte sie sich nicht länger beherrschen, denn das Dauergrinsen ihres Freundes brachte sie unglaublich auf.

„Kannst du mir bitte erklären, warum du so gutgelaunt bist?", fuhr sie ihn denn auch heftiger an, als sie vorhatte.

Verwundert sah er sie an, als er sagte: „Aber Schatz, warum sollte ich nicht gut gelaunt sein? Die Sonne scheint. Die schönste Frau auf der Welt sitzt mir gegenüber und hat sogar Zeit, mit mir gemeinsam zu frühstücken. Alles in allem ein schöner Morgen."

„Ja, hast du denn vergessen, dass Tante Amalie tot ist?", begehrte sie auf.

„Mein lieber Schatz!" Thomas sprach zu ihr fast herablassend, wie zu einem Kind. „Schau, deine Tante war doch schon sehr alt. Sie selbst hat damit gerechnet, in nicht allzu ferner Zeit sterben zu müssen. Gut, jetzt ist es wohl etwas früher so gekommen, als gedacht. Aber sieh es doch mal so, sie hatte ihr Leben gelebt. Und du hast dich noch rührend um sie gekümmert. Sicher hat sie das in ihrem Testament auch bedacht." Er schaute sie einen Moment lang an und fragte dann: „Was wirst du machen? Dort einziehen?"

Karin schaute ihn mit offenem Mund ungläubig an. Soviel Dreistigkeit verschlug ihr die Sprache, sie antwortete nicht auf seine Frage.

„Ich habe noch etwas in der Stadt zu erledigen, willst du gleich mitfahren?"

„Nein danke, Thomas, ich nehme das Rad, bis zum Kommissariat ist es ja nicht so weit".

„Gut, dann nimm du dein Rad – wenn du keine Lust hast, bei mir zu sein." Thomas schien sauer zu sein, und Karin war es definitiv. Sein Verhalten an diesem Morgen war wirklich fürchterlich!

Kapitel 6

Inzwischen war es schon fast halb elf geworden, Zeit zu starten, der Kommissar würde schon auf sie warten. Sie schwang sich auf ihr schon etwas in die Jahre gekommenes Hollandrad und radelte los, ohne weiteren Gruß oder gar Kuss für Thomas. Nach nur etwa dreißig, vierzig Minuten zügiger Fahrt traf sie bei dem großen Polizeigebäude ein, stellte ihr Rad ab und schlang die Sicherheitskette um Rahmen und Vorderrad. Das alte Rad war ihr lieb und teuer, stammte es doch von Tante Amalie.

Der ältere Herr am Besuchereingang fragte sie nach ihrem Ziel: „Ich muss zu Hauptkommissar Fasner, für eine Befragung!"

„Nehmen Sie den zweiten Fahrstuhl dort links bis in den dritten Stock. Der erste ist defekt, fährt nur bis zur zweiten Etage. Da ist es dann ist es Zimmer 312."

Sie bedankte sich für die Information und fuhr hinauf – sozusagen in die Höhle des Löwen. Ein wenig Angst war ihr schon bei dem Gedanken, in Sachen „Tante Amalie" vernommen zu werden.

Auf dem Gang traf sie zu ihrem Erstaunen auf ihren Bruder Egon, der auf einem der Plastikstühle dort wartete.

„Hallo, Karin, wie geht's? Hast du eine Ahnung, was wir hier sollen? Irgendeine Frau hat bei mir angerufen und gesagt, ich müsse mich um elf Uhr hier einfinden, es gäbe etwas zu klären. Eigentlich hätte ich ja noch gern ein wenig mit meiner Freundin gechillt, und jetzt sitze ich hier ewige Zeiten herum, als wenn es nichts Wichtigeres auf der Welt gäbe!"

„Ich kann dir auf beide Fragen antworten, lieber Bruder: erstens geht es mir miserabel, und zweitens habe ich gestern Abend Tante Amalie tot aufgefunden, da kannst du dir sicher vorstellen, wie es mir geht – da gibt es in der Tat nichts Wichtigeres auf der Welt!"

Die Tür zu Zimmer 312 öffnete sich, eine Frau sagte, zu Karin und Egon gewandt:

„Herr Egon Mertens? Bitte kommen Sie herein, nehmen Sie dort am Tisch Platz, Herr Fasner kommt sofort." Der Raum war sparsam möbliert, nur der Tisch und drei Stühle, die Wände hellgrau gestrichen, an einer Wand ein großer Spiegel – genau so, wie man die Verhörzimmer aus dem Fernsehen kennt. Und neben einem Mikrofon auf dem Tisch mit einem Aufzeichnungsgerät, auch ein

Telefon. Es dauerte nur wenige Minuten, bis der Ermittler gemeinsam mit einer Protokollantin den Raum betrat und sich vorstellte.

„Herr Mertens, eines vorweg", erklärte Fasner die rechtliche Lage, „dies ist eine Befragung und kein Verhör, wenn es das wäre, würden wir Sie wegen des Befragungsgrundes als Beschuldigten vernehmen. Ich werde Ihnen jetzt einige Fragen zur Person und zum gestrigen Abend stellen".

Fasner schaltete zunächst nicht die Aufzeichnung ein. Zu diesem frühen Zeitpunkt der Untersuchung des Todesfalls Amalie Busche schien ihm das überflüssig, und es wurde ohnehin alles protokolliert.

„Was haben Sie gestern den ganzen Tag über gemacht? Erzählen Sie mal!" war nun seine erste Frage.

Egon dachte ein wenig nach, dann berichtete er von seinem wenig ereignisreichen Tag: „Also, gestern habe ich etwas länger geschlafen, so um kurz vor Mittag bin ich aufgestanden und habe gefrühstückt."

„Was haben Sie gefrühstückt?" kam sofort die Frage des Kommissars.

„Ist das wichtig? Ich hatte noch zwei Brötchen vom Vortag, dazu Kaffee, der war noch in der Thermoskanne."

„Und dann?"

„Dann bin ich in die Stadt gegangen, erst zum Arbeitsamt. Ich wollte mir meinen Scheck holen, aber die hatten schon zu, und dann in den Schlosspark – da habe ich schön in der Sonne gesessen."

„Allein? Bis wann ungefähr?"

„Ja, allein, ich habe keine Freunde, die in den Schlosspark gehen. Bis wann? Hm, es war so fünf, sechs Uhr, ich hab' nicht auf die Uhr gesehen. Danach bin ich noch zum Aldi zum Einkaufen und dann wieder nach Hause. Da habe ich mir erst mal was zu essen gemacht, der Mensch braucht ja hin und wieder was Warmes, und mir zwei, drei Biere gegönnt. Danach bin ich dann in meine Stammkneipe ums Eck. Dort haben die Kumpels schon auf mich gewartet."

„Die können das sicherlich bezeugen?"

„Garantiert, wir hatten ja auch noch die Bullen, Verzeihung, die Polizei da, wegen einer Prügelei, die haben unsere Personalien aufgeschrieben."

„Vielen Dank, Herr Mertens. Wenn wir noch weitere Informationen benötigen, melden wir uns."

„Und was ist mit meiner Tante, ist die wirklich tot?"

„Ja, die ist wirklich verstorben, mein Beileid."

Damit war Egon entlassen, und Karin, ohne noch mit

ihm sprechen zu können, wurde zur Befragung hineinge-
beten.

„Guten Morgen, Frau Mertens!" Sie nickte grüßend.

So mürrisch der Hauptkommissar in der letzten Nacht
auch gewesen war, heute sprühte er geradezu vor Lie-
benswürdigkeit.

„Hat Ihr Verlobter ...", Karin unterbrach ihn: „Mein
Freund, darauf lege ich Wert!" Der Kommissar fuhr fort:
„Ok. also Ihr Freund. Hat er sie gestern gut nach Haus
gebracht?"

„Ja, danke der Nachfrage, alles bestens!"

„Nun, Frau Mertens, wir haben leider immer noch
nicht den Laborbericht und das Ergebnis der Autopsie,
aber lassen Sie uns mit Ihrem Tagesablauf gestern und
vielleicht auch vorgestern beginnen. Wie also liefen die
beiden Tage ab?"

Bevor Karin beginnen konnte, klingelte das Telefon.
Der Kommissar lauschte konzentriert und gab nur kurze
bestätigende Laute von sich. Dann legte er nach kurzem
„Danke" auf.

„Da ist das Ergebnis aus dem Labor! Im gestern abend
sichergestellten Teegeschirr sind Rückstände von Gift gefunden worden. Wir müssen also tatsächlich von einem
Mordanschlag auf Ihre Tante ausgehen. Jedenfalls, wenn

die Autopsie das bestätigt."

Karin zuckte zusammen. Ein leichtes Zittern überfiel sie und sie wurde abwechselnd rot und blass. Wer würde denn ihrer Tante so etwas antun wollen!? Und vor allem warum? Die Tante hatte zurückgezogen gelebt und war mit ihren Nachbarn gut ausgekommen. Leicht stotternd erklärte sie das dem Kommissar. Dann fiel ihr der Brief von der Tante ein, den sie immer noch in der Tasche bei sich trug. Sie nahm ihn zögerlich aus der Tasche und schob ihn über den Tisch.

„Ich hatte Tante Amalie zuletzt vor drei Tagen gesehen, ich musste für unser Büro auf eine Tagung fahren. Sie gab mir diesen Umschlag, als ich mich von ihr verabschiedete. Unterwegs habe ich ihn dann gelesen. Als ich spät von meiner Reise zurückkam, war ich zu müde, mich noch bei ihr zu melden. Und am nächsten Morgen habe ich verschlafen und kam zu spät ins Büro. Mein Chef war sauer, ich musste länger arbeiten. Ich versuchte den ganzen Tag über, die Tante zu erreichen, aber sie meldete sich nicht. So habe ich mich bemüht, abends noch schnell bei ihr vorbeizuschauen – aber sie öffnete ja nicht!" Sie seufzte tief und fuhr dann fort:

„Alles andere wissen Sie ja von der Polizistin gestern." Kommissar Fasner hatte den Brief aufgenommen und den Wortlaut des Schreibens kurz überflogen.

„Soso, Ihre Tante teilt Ihnen hier mit, dass sie beabsichtige, Sie in ihrem Testament als Alleinerbin einzusetzen, da sie sich wieder einmal maßlos über unverschämte Forderungen Ihres Bruders Egon geärgert habe. Das Testament würde bei ihrem Anwalt hinterlegt werden."

„Genau, bisher gab es bereits ein Testament, welches uns als einzige Verwandte zu gleichen Teilen begünstigte. Mich hat es sehr beunruhigt, von der Änderung zu lesen, weil ich wusste, wie wütend Egon darauf reagieren würde, wenn er es dann eines Tages erführe." Hilflos hob sie die Hände. Stirnrunzelnd sah der Kommissar sie an.

„Können Sie uns kurzerhand die Adressen von dem Anwalt und auch von dem Hausarzt Ihrer Tante geben?"

„Natürlich", sie kramte ein Adressbüchlein hervor und reichte es der Protokollantin „hier bitte".

„Aber ich muss mich jetzt doch um die Beerdigung und das alles kümmern! Wann können wir denn Tante Amalie bestatten lassen? Und kann ich in Ihr Haus und dort Sachen holen? Sie hat immer gesagt, sie wolle dereinst in ihrem schwarzen Kleid beerdigt werden, das sie häufig an Festtagen und Familienfeiern trug."

„Damit warten Sie man noch ein bisschen! Einige Dinge müssen vorher noch geklärt werden. Sie können aber jetzt erst einmal gehen. Bleiben Sie für uns erreichbar!" Damit stand er auf, reichte ihr die Hand und begleitete sie zur Tür.

Kapitel 7

Verloren stand sie danach auf dem kahlen Flur und wusste zunächst nicht, wohin sie nun gehen solle. Sie entschloss sich zu einem Spaziergang im Park. Sie musste erst einmal den Kopf frei bekommen. Dann würde sie überlegen müssen, was alles zu erledigen war. Die Zeitung abbestellen, verschiedene Versicherungen kündigen, eine Zeitungsannonce entwerfen, der Rentenversicherung Mitteilung geben ... Aber all das konnte sie erst angehen, wenn Sie den Totenschein hätte! Am schlimmsten war ihr der Gedanke, dass sie ja nun mit Egon gemeinsam überlegen und mit ihm in allen Punkten Einigung erzielen müsste. Ach, die Tante hatte mit der Idee, Egon auszuschließen, eigentlich eine gute Entscheidung getroffen, aber jetzt saß sie mit all den Problemen allein da – Egon wäre jedoch ohnehin keine Hilfe gewesen. Was für ein Unglück, dass es nun offensichtlich zu spät war, Tante Amalie zu fragen.

„Mein Fahrrad!", schoss es ihr plötzlich durch den Kopf, „es steht ja noch bei der Polizei!". Ärgerlich machte sie kehrt, ihr Rad zu holen, und radelte dann zum

Schlosspark, führte dort das Rad an der Hand.

In Gedanken versunken ließ sie sich seufzend auf einer Parkbank nieder, stellte ihr Rad sorgfältig daneben. Sie musste versuchen, das Chaos in ihren Gedanken zu ordnen und vor allen Dingen aber musste sie sich beruhigen. Zuviel war auf sie eingestürmt, was ihre bisher übersichtliche Welt auf den Kopf gestellt hatte.

Nicht nur, dass ihre Tante umgebracht worden war, nein, nun hatte sie auch noch Stress mit Thomas. Gerade jetzt, da sie ihn am meisten gebraucht hätte, zeigte er in keiner Weise das Verhalten, welches sie von ihm erwartet hätte.

Die Tatsache, dass Tante Amalie wirklich einem Mord zum Opfer gefallen war, hatte sie doch sehr getroffen. Vergiftet worden war die Ärmste. Wie schrecklich! Wie mag sich dieser Tod wohl angefühlt haben?

Bei dem Versuch, sich das vorzustellen, wurde ihr heiß und der Hals eng. Sie sprang auf, um ihren Weg fortzusetzen. Nur kam sie nicht weiter als bis zur nächsten Bank. Um ihre Gedanken und Gefühle zu ordnen, musste sie sich hinsetzen. Der Schatten der großen, alten Bäume verschaffte ihr die nötige Kühle. Ein Sonnenstrahl zwängte sich durch das dichte Blattwerk und wärmte ihr das Gesicht. Sie schloss die Augen und wandte sich der Wärme zu, die sie augenblicklich entspannte. Für einige Minuten genoss sie den Frieden und die Gedankenleere.

Als sie die Augen aufschlug, war sie überrascht, dass sie nicht mehr allein auf der Bank saß. Ein junger Mann hatte sich unbemerkt am anderen Ende niedergelassen. Unbeteiligt schaute er in die Ferne, als sie ihn kurz von der Seite anschaute. Es war ihr unangenehm, dass er sie möglicherweise schon eine Weile beobachtet haben könnte. Also stand sie auf. Dabei trafen sich ihre Blicke. Verwirrt wandte sie sich ab und ging zügig den eingeschlagenen Weg. Hinter einer Wegbiegung drehte sie sich noch einmal um, doch nun war die Bank verlassen. Sie versuchte, sich sein Bild in Erinnerung zu bringen. Dunkle Haare, modisch geschnitten. Kantige Gesichtszüge, die jedoch nicht unsensibel wirkten. Sehr auffällig fand sie das Blau seiner Augen und den Ausdruck darin. Dann stutzte sie. Er trug einen Kapuzenpulli! Könnte es sein …?

Nein, sie schüttelte unwillig den Kopf. So langsam sah sie schon Gespenster. Das wäre ein merkwürdiger Zufall, wenn das der gleiche junge Mann gewesen wäre, der ihr schon häufiger aufgefallen war. Allerdings hatte sie ihn nie zuvor deutlich sehen können. Auch hatte er immer etwas über den Kopf gezogen gehabt. Nein, bestimmt nicht. Dieser hier hatte ganz eindeutig mit seinem Blick geflirtet. Was ihr in diesem Moment sogar gut tat. Sie dachte an Thomas, sah ihn vor Augen. Hatte sie sich so in ihm getäuscht? Oder hatte sie bisher einfach nicht wahrhaben wollen, wie egoistisch er im Grunde genommen war?

Und wer war der Mörder? Wer wusste von dem Versteck des Schlüssels? Da war als erstes ihr Bruder Egon. Traute sie ihm einen Mord zu? Sicher er war ein „fauler Hund", ein „Tagedieb", gehörte zur „Null-Bock-Generation". Von den Eltern stets verwöhnt worden als der ausgemachte Liebling, trugen sie mit Schuld daran, dass er lieber nichts tat, als einer Beschäftigung nachzugehen. Warum auch? Das Geld kam ja zu ihm nach Haus, wozu sich dann anstrengen, das war seine Devise. Er brauchte nicht viel zum Leben. Oder tat er nur so? Tatsache war, dass er auch Tante Amalie immer wieder um Geld bat, welches er ihr aber nie zurückzahlte. Schließlich hatte sie ihn durchschaut und war nicht mehr willens, ihn weiterhin zu unterstützen. In so einem Fall war er schon ziemlich ausfallend geworden. Aber Mord?

Und dann Thomas. Sie erschrak darüber, dass sie ihn auch in Betracht zog. Aber nein. Sie schüttelte den Kopf. Was hätte er davon gehabt? Oder versprach er sich etwas von ihrer Partnerschaft? Sozusagen als Nutznießer? Aber sie waren ja nicht einmal verlobt... Sie waren ja nicht einmal verlobt. Eher unwahrscheinlich. Sie selbst schied ja wohl aus, dachte sie sarkastisch. Der Kommissar könnte sich denken, dass sie dann damit gewartet hätte, bis das Testament umgeschrieben worden war. Allerdings: ihr stand finanziell gesehen das Wasser gerade bis zum Hals …

Dann gab es da noch die Nachbarn. Sie fütterten auch

schon mal Maunz. Vielleicht haben sie auch gewusst, wo der Schlüssel lag? Oder war es gar dieser Fremde, der sie in der Vergangenheit ständig beobachtet hatte? Der Garten war schließlich von der Straße her gut einzusehen. Voller Gedanken schob sie ihr Rad zum Ausgang des Parks und radelte langsam nach Haus.

Kapitel 8

S ie musste unbedingt mit den Nachbarn von Tante Amalie reden, vielleicht hatten die etwas beobachtet. Aber zuerst wollte sie mit ihrem Bruder ins Reine kommen.

Hinter dem Schlosspark gleich links lag die kleine Straße, die tatsächlich den Namen „Kleine Straße" trug. Sie war geprägt von kleinen zweistöckigen Reihenhäusern aus der Zeit, als es am Stadtrand noch die große Möbelfabrik gab. Wohnten hier damals Arbeiterfamilien, war die Straße jetzt ein Quartier für Studenten und Menschen mit sehr geringem Einkommen, man könnte sagen, ein Armenviertel, wären da nicht zwei oder drei durchaus repräsentative Neubauten mit Wohnungen für gehobene Ansprüche – es wurde schon lange gemunkelt, dass alle alten Häuser einer Sanierung geopfert werden sollten.

Drittes Haus links – hier hatte sich Egon in der kleinen Dachwohnung einquartiert. Karin stellte ihr Rad im Hauseingang ab, sicherte es sorgfältig mit der Kette und erklomm die baufällig wirkende Holztreppe.

„Egon Mertens". Dies war seine Wohnung. Sie klingelte – keine Reaktion aus dem Innern. Sie läutete noch einmal, klopfte zusätzlich energisch an die Tür.

„Ruhe, ich habe Mittagspause!", klang es jetzt von drinnen. Sie läutete erneut, dann endlich kam ihr Bruder und öffnete.

„Ach, du!", war die mürrische Begrüßung, „Was willst du hier? Wir haben uns doch gerade erst bei der Polizei gesehen."

„Darf ich reinkommen? Wir müssen reden, Egon, ganz dringend reden".

Karin ging ohne weiteres Warten in den kleinen, dunklen Flur, betrat sein Wohn-Schlafzimmer, schreckte etwas zurück:

„In diesem Saustall lebt also mein Bruder, der frühere Liebling unserer Eltern? Sie würden sich im Grab umdrehen wenn sie das hier sehen könnten!" Karin war entsetzt. Sie räumte Egons Klamotten von einem der beide Stühle weg und warf sie auf sein Bett, das er anscheinend gerade erst verlassen hatte – er musste sich sofort nach der Befragung wieder ins Bett gelegt haben. Allerdings stand noch eine halb leergetrunkene Bierflasche daneben. Sie setzte sich auf den frei geräumten Stuhl.

„Egon, schämst du dich nicht, deine Wohnung und

auch dich so verkommen zu lassen? Was ist nur aus dir geworden!" Sie musste erst einmal Luft holen, kam aber dann zum Grund ihres Besuches. „Wann warst du eigentlich zuletzt bei Tante Amalie? Bitte antworte mir ganz ehrlich, es ist sehr wichtig!"

Egon warf sich wieder aufs Bett und gähnte gelangweilt:

„Ist das jetzt ein offizielles Verhör? Bei den Bullen hat mir das gereicht."

„Egon, Tante Amalie wurde ermordet, du solltest versuchen, es in deinen versoffenen Schädel zu bekommen. Ich habe das unbestimmte Gefühl, dass du beim Kommissar schlechte Karten hast und ganz oben auf seiner Liste der Verdächtigten stehst."

„Du spinnst, heiß geliebte Schwester, ich habe ein Alibi!", kam die ironische Antwort.

„Es steht doch noch überhaupt nicht fest, wann Tantchen umgebracht wurde, das wird noch untersucht! Egon, ich bin deine Schwester, ich würde dich nie verraten, falls du mit ihrem Tod etwas zu tun haben solltest. Bitte, sag mir die Wahrheit!"

„Du kannst ganz entspannt sein, Schwesterherz, ich bin schon seit Tagen unter Strom. Wie ist sie denn überhaupt ums Leben gekommen?"

„Sie wurde irgendwie vergiftet."

„Vergiftet? Das machen doch nur Frauen – jedenfalls sieht man das in fast jedem Krimi. Oder ...", er kratzte sich nachdenklich hinter dem Ohr, „hast du nicht einen Freund, der Apotheker ist?"

„Jetzt spinnst aber du, Egon, mein Freund studiert noch, und zwar nicht Pharmazie!"

„Sondern?" fragte Egon nach.

„Thomas hatte ursprünglich mit Chemie angefangen, ist aber auf Biotechnik umgestiegen, soweit ich weiß."

„Biotechnik? Sehr interessant, Karin. Und – macht er das noch?"

„Ich kann es dir nicht sagen, wir sprechen nicht über sein Studium, ist doch auch unwichtig! Thomas würde doch so etwas nicht machen!"

„Aber bei mir hältst du es für möglich? Du bist mir eine schöne Schwester!"

Karin war bei dem Gespräch immer nachdenklicher geworden. „Wie gut kenne ich Thomas eigentlich?", ging ihr durch den Kopf.

„Übrigens: ich war ungefähr drei Wochen nicht bei unserer Tante, Karin. Reicht dir das als Alibi?"

„Ist ja schon gut. Jetzt will ich nach Hause, ich muss ziemlich intensiv nachdenken, und morgen frage ich Tante Amalies Nachbarn, ob sie jemanden gesehen haben. Wir haben bald noch Verschiedenes zu klären, Egon, und sauf nicht so viel!"

Das alte Fahrrad stand, entgegen all ihrer Befürchtungen, noch unversehrt im Hausflur. Im Lenkerkorb, zwischen den Äpfeln, die sie vorher eingekauft hatte, lag ein Zettel, zusammengefaltet wie der am heutigen Morgen.

„Pass auf dich auf, das Leben kann sehr gefährlich sein", stand darauf, und unterzeichnet mit

„Dein Schutzengel".

Kapitel 9

Kommissar Fasner schaute mürrisch auf die Meldungen, die an diesem Nachmittag auf seinem Schreibtisch gelandet waren, und auf seine Notizen, die er sich stets mit Bleistift machte, wie schon seit 30 Jahren. Nun war es klar, der Tod der Amalie Busche war durch Gift verursacht worden. Das Fax aus der Pathologie sagte eindeutig, dass im Mageninhalt der Toten Rückstände von Scopalomin und Atropin gefunden wurden.

Sie hatte vor ihrem Ableben eine größere Menge Pfefferminztee zu sich genommen und dieser Tee war offensichtlich mit getrockneten Blättern der Engelstrompete vermischt worden.

Kleinere Hämatome an Hüften, Schultern und Armen zeugten offensichtlich von einem längeren Todeskampf, in dem sie verwirrt und unter Halluzinationen wohl durch die Wohnung getorkelt sein musste, dabei gegen Tischkanten stieß und über Stühle stolperte. Jedenfalls schloss die Pathologin Dr. Wilk aus, dass die Verletzungen von einem Kampf mit einem Eindringling stammen könnten.

Der Kommissar wählte die Nummer der Pathologie. „Peters", meldete sich die Stimme des Pathologie-Helfers.

„Fasner hier. Ich muss mit Dr. Wilk noch einmal den möglichen Ablauf beim Tod von Amalie Busche besprechen. Ist evtl. doch ein Freitod möglich? Schließlich wäre es ja denkbar, dass sie sich den Tee selbst gemischt hat."

„Das schließt meine Chefin definitiv aus. Aber ich hole sie rasch, einen Moment bitte."

Nur eine kurze Zeitspanne später kam die Pathologin ans Telefon: „Ja, Herr Fasner? Noch Fragen zum Autopsie-Bericht?"

„Genau, was belegt die Tatsache, dass hier ein Fremdverschulden plausibel ist und ein Suizid ausgeschlossen scheint?"

„Nun, die letale Dosis von Atropin beträgt beim Menschen in der Regel 453 mg. Das ist ziemlich viel. Hier war die Konzentration nicht ganz so hoch – aber bereits bei 100 mg kann eine tödliche Atemlähmung einsetzen, was hier der Fall gewesen ist. Die Tote war ein zierliches, abgemagertes Wesen, von ihrer Konstitution und auch von ihrem Alter her nicht sehr widerstandsfähig, und so genügte auch eine geringere Konzentration, im Tee verdünnt und unter Umständen auch nicht auf einmal, sondern zeitversetzt in 2 oder 3 Tassenportionen.

. Es ist äußerst unwahrscheinlich, dass jemand auf solche – gegebenenfalls unsichere Art – Suizid begehen will. Da wählt man wohl lieber gleich die Schlaftabletten, die Frau Busche regelmäßig von ihrem Hausarzt verschrieben bekommen hatte."

„Das leuchtet mir ein", erwiderte der Kommissar nachdenklich. „Aber ich frage mich, ob diese 'Unwahrscheinlichkeit' für das Gericht Beleg genug ist!"

„Stimmt", lachte die Pathologin, „aber der Mageninhalt zeigte außerdem noch die gesamte Abendmahlzeit! Die Patientin hatte sich Bratkartoffeln gebraten und einen eingelegten Brathering dazu gegessen. – das widerspricht ebenfalls der Idee, dass sie sich an diesem Abend umbringen wollte."

„Na, dann vielen Dank!"

„Immer wieder gerne", kam die freundliche Antwort.

„Ich werde Kollegin Pauls noch einmal einsetzen", sinnierte der Ermittler dann. Sie soll mal herausfinden, was Amalie Busche am Tag vor ihrem Tod so getan hatte und ob sie für die folgenden Tage irgendwelche Termine geplant hatte. Gab es da einen Frisörtermin oder eine Verabredung mit einer Freundin oder ähnliches? Alles, was belegen konnte, dass ein Freitod ausgeschlossen war, musste zusammengetragen werden. Fasner erinnerte sich, dass der Kühlschrank der Ermordeten mit frisch eingekauften Lebensmitteln bestückt gewesen war. Auch eine Liste mit Notizen, wie „Den Gärtner anrufen", „Leni Geburtstag" und „Mülleimer Donnerstag", die am Brett in der Küche gehangen hatte, zeugte nicht davon, dass hier jemand mit dem Leben abgeschlossen hatte.

Nein, jetzt galt es, den Täter ausfindig zu machen. Dazu nahm er nun die von dem Anwalt angeforderte Abschrift des Testaments in die Hand. Es gab zwei Testamente. Das frühere, schon einige Jahre alte, setzte Nichte und Neffen zu gleichen Teilen als Erben ein. Ein Zusatz besagte, dass derjenige, der den geliebten Kater Maunz in seine Obhut übernahm, dafür eine Vorab-Geldzuwendung von 75.000,00 Euro erhalten solle, die nicht in die übrige Erbmasse einzurechnen sei. „Oha," dachte Fasner, „Grund genug für jemanden, der gerade in höchster Geldnot ist, dem Tod der Tante nachzuhelfen!"

Karin Mertens hatte es ja sehr auffällig als besonders wichtig gefunden, den Kater zu sich zu nehmen. Ihm fiel wieder das Theater ein, das sie da veranstaltet hatte - sie brauchte den Katzenkorb und das Katzenfutter. Als ob dieses das Wichtigste gewesen wäre nach solch einem Ereignis, wie dem Tod der Tante. Und sie wusste nicht, dass das Testament bereits geändert war. Gut möglich, dass sie den Brief mit der Ankündigung der Änderung erst erhalten hatte, nachdem sie bereits das Gift unter die

Teeblätter gemischt hatte!

Schnell überprüfte er noch einmal den angenommen Todeszeitpunkt im Autopsie-Bericht. – Richtig, der Tod war bereits einen Tag vor dem Auffinden der Leiche eingetreten. Zwischen 18.00 und 20.00 Uhr. Nachdenklich schob er die Unterlagen zur Seite.

Er stand vom Schreibtisch auf. Nein, irgendwie stand das Motiv auf wackeligen Füßen. Er öffnete die Tür und rief:

„Irmi, nimm dir mal die Konten der Nichte vor. Ob sie Ersparnisse hat, Wertpapiere oder eher Schulden. Und wenn du schon dabei bist, auch die des Bruders."

Irmi Rademacher, die gute Seele der Mordkommission, war, genau wie er, schon seit 30 Jahren dabei und als Mitarbeiterin unersetzlich. Wahrscheinlich kannte sie ihn besser als seine eigene Frau es tat.

Fasner wartete erst gar nicht die Erwiderung ab. Drehte sich dann aber erneut zu ihr um:

„Verbinde mich bitte noch einmal mit der Pathologie". Gleich darauf klingelte das Telefon.

„Ja, Fasner hier noch einmal. Ich finde im Bericht gar nichts über das Blut, das von der Pfote des Katers entnommen wurde. Können Sie mir darüber schon etwas sagen?" Er lauschte einen Augenblick in den Hörer. „Okay, also ganz sicher kein menschliches Blut. Dann können wir den Kater auf jeden Fall schon mal als Mörder oder Zeuge ausschließen", versuchte der Kommissar zu witzeln.

Kapitel 10

Abwartend stand er unweit des Hauses. Als Karin mit dem Rad heraustrat, zog er die Kapuze tiefer ins Gesicht und drückte sich stärker in den Hauseingang. Als sie an ihm nichts ahnend vorbeigefahren war, drehte er sich wieder um und folgte ihr mit seinen Blicken. Er war sich sicher, dass sie seine Nachricht gefunden hatte. So würde sie beruhigt sein. Sie würde wissen, dass sie beschützt war. Von ihm beschützt wurde. Er würde sie niemals verlassen. Sie war seine Göttin und er ihr Engel.

Er würde sie von allem befreien, dass ihr nicht guttat. Niemand, der sie nicht zu würdigen wusste, würde an ihrer Seite bleiben. Dafür würde er schon sorgen. Niemand würde ihre Reinheit schmälern, ihr Ansehen besudeln. Mit einem verzückten Lächeln schloss er kurz die Augen. Er wusste, wohin sie jetzt fuhr. Er wusste immer, was sie tat. Oh, er kannte sie ganz genau, ahnte schon im Voraus, was sie vorhatte.

Karin hatte befremdet diesen Zettel an sich genommen. Wohnte der Verfasser dieser Nachricht etwa im selben Haus wie ihr Bruder? Oder hatte er einfach bei irgend jemanden geklingelt, um in den Flur zu gelangen, nur um gleich darauf wieder zu verschwinden. Sie fühlte sich ganz und gar nicht beruhigt. Es wurde immer mysteriöser. Entschlossen trat sie in die Pedale, um zu den Nachbarn der Tante zu fahren. Sie musste wissen, ob die etwas beobachtet hatten.

Wie lange folgte man ihr schon? Wann hatte das alles begonnen? Und vor allen Dingen, warum? Jemand, der sich ihr Schutzengel nannte. Konnte man so jemanden ernst nehmen? Wer tat so etwas?

Als sie am Haus ihrer Tante vorbei radelte, war ihr schon ganz besonders mulmig zumute – zu vieles hatte sich in den letzten 24 Stunden ereignet. Unberührt stand es in dem großen Garten, die Türen und Fenster schienen sie wie die Augen eines Toten anzustarren, an der Eingangstür grinste ihr sogar aus dieser Entfernung das weiße Polizeisiegel entgegen. Im Garten, in dem außer im Winter immer irgendeine Aktivität der Tante zu beobachten gewesen war, rührte sich nichts.

Birthe, die Tochter von Tante Amalies Nachbar, wollte gerade mit dem Fahrrad starten, als Karin vor der Gartenpforte anhielt.

„Hallo, Birthe!" Karin kannte sie schon seit vielen Jahren. Sie sah ihre Freundin mit traurigen, übernächtigten Augen an.

„Hallo, Karin! Sag mal, was war denn gestern Nacht bei Amalie los? Krankenwagen und Polizei, und Thomas kam dann auch noch."

„Ach, Birthe, ich bin ganz traurig, Amalie ist tot! Egon und ich, auch Thomas, können es kaum fassen."

„Und wieso ist sie tot? Gestern war sie doch noch putzmunter im Garten. Sie hat mir sogar noch etwas ganz Tolles geschenkt!"

„Sie hat dir etwas geschenkt? Was denn?" Karin war neugierig geworden.

„Eine alte blecherne Keksdose, mit einem prima Inhalt. Sie hat gesagt, das ist, weil ich ihr manchmal im Haus und bei ihren Einkäufen helfe, und damit ich ein paar Euros habe, wenn ich im nächsten Monat zum Studium gehe!", und nach einer kleinen Pause:

„Woran ist sie denn so plötzlich gestorben? Eigentlich war sie doch noch immer richtig fit, vielleicht nur ein bisschen klapprig!"

„Sie wurde vergiftet, stell dir das vor!" Karin brach wieder einmal in Tränen aus.

„Aber zurück zu der alten Keksdose: das finde ich gut, jetzt weiß ich endlich, wo die Dose geblieben ist. Darin war immer ihr Schmugeld. Nun hatte sie es dir zugedacht, wie lieb von ihr! Ja, so war sie - immer anderen eine Freude machen! Und bei dir finde ich das sehr in Ordnung." Die beiden jungen Frauen standen eine Weile schweigend neben ihren Rädern.

„Sag, Birthe, du willst wirklich unsere schöne Stadt verlassen? Was willst du denn studieren?"

Karin sah ihr Gegenüber aufmerksam an. Birthe war eine hübsche, inzwischen fast zwanzigjährige schlanke Frau, die im letzten Herbst ihr Abitur mit „Sehr gut" abgelegt hatte.

„Ja, ich gehe nach Hamburg, hier habe ich keinen Studienplatz für Medientechnik bekommen. Das Zimmer in einer WG habe ich schon festgemacht".

„Nun, ich hoffe, wir sehen uns ab und zu wieder, wenn du Semesterferien hast oder so!"

„Auf jeden Fall! Und erst mal sehen wir uns bestimmt bei der Trauerfeier für Amalie". Karin nickte, und es fiel ihr wieder ein, was sie deswegen nun doch dringend alles erledigen musste. Schnell verabschiedete sie sich und machte sich auf den Heimweg.

Hinter der Hecke vor dem Garten der Amalie Busche stand eine schmale Gestalt, die Kapuze des Pullis tief über die Stirn gezogen. Er hatte das Gespräch belauscht und nun betrachtete er nachdenklich die schon etwas vergilbten Blätter der Engelstrompete in seiner Hand. Das war ein Stoff, der ihm schon einige aufregende, buchstäblich traumhafte Stunden beschert hatte.

„Ob ich sie dazu bringen kann, mit mir einen gewürzten Tee zu trinken?" Wieder einmal schwirrten die Phantasien durch seinen Kopf und er sah sich im Geiste mit ihr zwischen Cosmea und Astern in Amalies Garten sitzen, gemeinsam den berauschenden Tee schlürfen und sich in unendliche Welten hineinbegeben. Aber innerlich sprach er sich gut zu: „Bleib geduldig – die Zeit wird kommen..."

Sein spontaner Gedanke entwickelte sich zu einem, wenn auch noch vagen, Plan.

Kapitel 11

Hauptkommissar Fasner reckte sich in seinem Schreibtischstuhl und fuhr sich mit beiden Händen durch sein schütteres Haar. Der Arbeitstag war lang gewesen! Nun freute er sich auf seinen Feierabend, mit einem Glas Rotwein im Garten sitzend, denn die Luft war noch lau, und einfach mal nichts denken...

Er ordnete noch einmal kurz die Notizen auf seinem Schreibtisch. „Nun, was haben wir denn zusammengetragen...“

Feierabend ade. Die inzwischen gesammelten Informationen beschäftigten ihn zu sehr. Heute kein Garten, kein Rotwein – Arbeit!

Seine treue Mitarbeiterin Irmi hatte ihm die Kontenbewegungen und Kontostände von Nichte und Neffe des Mordopfers und auch vom Freund der Nichte vorgelegt. Na, das sah allesamt nicht rosig aus. Der Neffe als Hartz IV-Empfänger war ständig in den roten Zahlen. Die Nichte zahlte einen nicht unerheblichen Kredit ab und konnte ebenfalls nicht mit einem Plus auf dem Konto aufwarten. Vom Freund Thomas ganz zu schweigen. Offensichtlich hatte er mal Bafög bezogen, aber als Endlos-Student längst keinen Anspruch mehr. Jedenfalls waren seit längerer Zeit keine Überweisungen dieser Art mehr zu erkennen. Mal gab es Geldüberweisungen von seiner Mutter, mal größere Zuwendungen von Karin (aus dem Kredit bezahlt?), dann irgendwelche kleineren Beträge (von Gelegenheits-Jobs?). Alle drei konnten also auf das Erbe der Tante scharf gewesen sein - der Freund Thomas über den Weg der Verheiratung mit Karin.

Er überprüfte nochmals die Notizen der Polizistin Pauls. Sie hatte akribisch zusammengetragen, was die alte Frau Busche vor ihrem Todestag so getan hatte. Da waren Einkaufswege, ein Treffen mit den Handarbeitsdamen im Häkelkreis bei der Kirche, ein Besuch bei der Nachbarin, und ein Weg zur Bank. Nichts Spektakuläres und nichts, was eine Freitodtheorie untermauern könnte. „Na, war sowieso klar!", brummelte der Kommissar vor sich hin.

Er nahm die Liste mit den am Tatort sichergestellten Fingerabdrücken. „Wir werden die beiden Hauptverdächtigen noch einmal einbestellen müssen, um ihnen zum Vergleich die Fingerabdrücke abnehmen zu können." Er ordnete das unverzüglich an.

„Ach ja, liebe Irmi, telefoniere auch mit Karin Mertens, sage ihr bitte, dass die Verstorbene nun zur Bestattung freigegeben ist. Sie kann die erforderlichen Maß-nahmen in die Wege leiten!"

Die Kollegin nickte „Geht klar!"

„Und frag sie, ob die verschwundene Keksdose mit dem 'Schmugeld' irgendwo aufgetaucht ist!", rief er ihr noch schnell hinterher. Dann machte er sich Notizen, wie er in der Sache weiter vorgehen wolle.

„Ich brauche Tatwaffe – Tathergang – Motiv – und Gelegenheit, um den Mörder zu fassen, überlegte er nach seinem altbewährten Schema. Tatwaffe: Gift aus den Blättern der Engelstrompete. Tathergang: offensichtlich hatte sich jemand unbemerkt Zugang zum Haus ver-schafft, als die Tante unterwegs zur Kirche, Bank oder Supermarkt gewesen war. Dieser Jemand musste getrock-nete Blätter der Engelstrompete unter den Pfefferminztee gemischt haben. Die Tante pflegte in einer großen Teedo-se die von ihr selbst gepfückten und gerebelten Pfeffer-minzblätter aufzubewahren. Motiv: offensichtlich Hab-sucht, es ging um das Erbe! Gelegenheit: alle drei Haupt-verdächtigen kannten das Versteck des Schlüssels, alle drei wussten von der Angewohnheit der Tante, stets meh-rere Tassen des Tees am Abend zu trinken. Alle drei konnten beobachten, wann die Tante das Haus verließ. Wobei Karin, da sie ja beruflich unterwegs gewesen war, das noch einen Tag früher getan haben müsste.... Nein, die Nichte konnte er eher ausschließen. Blieben der Neffe

Egon und der Freund Thomas. Beide würde er nun zum Verhör einbestellen! Und ohne Zweifel, bei der Trauerfeier für die Tante würde er die Augen gut offen halten. Oft benahmen sich Verdächtige bei so etwas doch seltsam...

„Man muss ermitteln, solange die Spuren noch warm sind," sinnierte Fasner lautstark, „und man muss alle und alles im Blick haben. Was haben wir denn bislang, meine Damen und Herren?" Seine Mitstreiter hatten sich am nächsten Morgen um seinen Schreibtisch versammelt.

„Hat schon jemand versucht zu ermitteln, wann die giftigen Blätter in die Teedose gekommen sind und wer das getan haben könnte? Nein?"

„Wir haben uns bisher auf die Auswertung der Spuren am Tatort gekümmert, aber das hat nicht sehr viel ergeben!", antwortete einer der Ermittler.

„Ich zähle jetzt unsere der Tat Verdächtigen noch einmal auf und erwarte über jede der Personen alle Details, Lebenslauf, Alibi, mögliches Motiv etc. etc. – Kontobewegungen und Vermögen hat Irmi schon ermittelt.

Also, da sind Karin Mertens, Haupterbin, soweit wir wissen. Egon Mertens, heruntergekommener Bruder von Frau Mertens. Bitte klären, ob das Testament an die Hinterbliebenen geschickt wurde. Dann gibt es noch Thomas

Helmers, den Freund von Frau Mertens, angeblich Student, lebt über seine Verhältnisse, und ein möglicher Stalker, den Thomas Helmers beiläufig erwähnte. Die Nachbarstochter, die auch Kontakt zum Opfer hatte, müssen wir auch mit einbeziehen. Fällt noch jemandem etwas zum Personenkreis ein?" Kurze Pause. „Nein, dann an die Arbeit. Als erstes will ich den Helmers sprechen, beschafft ihn mir, aber möglichst sofort, ich bin dieses zögerliche Vorankommen leid!"

Die versammelten Mitarbeiter verstreuten sich, sprachen untereinander ab, wer was zuerst erledigen solle und gingen an ihre Arbeitsplätze.

„Chef, soll ich nochmal zum Haus fahren und mich umsehen? Dann kann ich auch gleich die Nachbarstochter befragen."

„Ja, mach das, und nicht erst heute am Nachmittag. Wenn möglich, nimm die Pauls mit, sie kennt sich schon aus. Es pressiert, sonst sind alle Spuren kalt und unbrauchbar. Was ist mit Helmers?"

„Ich habe ihn vorgeladen, er kommt in einer halben Stunde."

„Das ist gut. Dann gehe ich jetzt frühstücken, informiert mich, wenn er da ist." Sagte es und machte sich auf den Weg zur Kantine. Unterwegs begegnete er Frau Dr. Wilk, die ebenfalls in die Kantine gehen wollte.

„Hallo, Fasner, wie läuft es?"

„Langsam, mühsam, viele Verdächtige, aber nichts Konkretes. Ich hoffe, dass sich der Täter selbst belastet, durch Angeberei, durch Leichtsinn oder was weiß ich!"

„Da kann ich Ihnen nur viel Erfolg wünschen. Haben meine Untersuchungen ein wenig geholfen?"

„Ja, schon, aber jetzt hakt es wieder, geht nicht voran. Die Vernehmung eines der Verdächtigen nachher bringt uns vielleicht weiter ...".

Nach dem durch einen Anruf: „Helmers ist da" abgebrochenen Frühstück ging er wieder, schlecht gelaunt, ins Verhörzimmer, von einer Protokollantin begleitet.

„Herr Helmers, wir kennen uns ja bereits. Erzählen Sie bitte, was sie in den, sagen wir, letzten drei Tagen vor dem Auffinden des Opfers gemacht haben. Nein, zuerst: wann haben Sie die Tante von Frau Mertens zuletzt gesehen?"

Thomas lehnte sich zurück: „Lassen Sie mich überlegen, Herr Fasner. Wenn ich recht erinnere, war das am Dienstag oder Mittwoch der Woche zuvor, zusammen mit Karin, meiner Freundin."

„Gab es da etwas besonders zu Erwähnendes?"

„Nichts, Herr Fasner, überhaupt nichts."

„Und in den letzten Tagen der besagten Woche, was haben Sie da gemacht?"

„Weiß ich nicht mehr so genau. Am Freitag Vormittag war ich in der Uni, ich hatte ein Gespräch mit der Verwaltung, nachmittags war ich mit dem Cabrio über Land, ein wenig Frischluft tanken. Samstag? Lange geschlafen, mittags in der Stadt, etwas essen, am Abend TV bei Karin, und am Sonntag Besuch bei meiner Mutter. Ja, so war es."

„Ich danke Ihnen, Herr Helmers, Sie können gehen. Bitte lassen Sie sich noch im Nebenzimmer die Fingerabdrücke abnehmen, damit wir Sie auch registriert haben. Danke."

Thomas nahm seine Jacke vom Stuhl, warf sie gekonnt über die linke Schulter, verabschiedete sich und ließ einen nachdenklichen Kommissar zurück.

Fasner ging zurück an seinen Schreibtisch: „Ist das Testament schon vom Notar zugeschickt worden und haben wir eine Ausfertigung bekommen?"

„Liegt in der Akte, und die beiden Mertens müssten spätestens morgen ihre Ausfertigungen haben."

Die Kollegin reichte ihm die Akte hinüber.

„Karin Mertens Alleinerbin – wenn das kein Motiv für einen beschleunigten Abgang der Erblasserin aus dieser

Welt ist!", dachte Fasner, sagte aber noch nichts.

Tatsächlich traf die Post vom Gericht schon am nächsten Tag bei Karin und Egon ein, der wutschnaubend bei seiner Schwester anrief, die gerade versuchte, einen Termin beim Nachlassgericht wegen des Erbscheins zu bekommen.

„Du und die Alte habt mich übers Ohr gehauen, Schwester, aber das lasse ich nicht mit mir machen, das werde ich anfechten, schließlich gibt es noch eine Gerechtigkeit in unserem Land. Wie hast du es denn gemacht, dass sie nichts gemerkt hat? Du hast dich ja sowieso immer bei ihr eingeschleimt, und ich war außen vor!"

„Mein lieber Bruder, jetzt will ich dir mal was sagen: seit ewigen Zeiten hast du dich nicht um Tante Amalie gekümmert, und wenn du sie besucht hast, dann nur, um Geld abzuzocken. Wenn Amalie jetzt gesagt hat, du sollst nichts haben, ist das ausschließlich ihre Entscheidung gewesen, ich habe da keine Aktien drin! Du solltest dich schämen, und nicht über sie meckern!"

„Karin, könnte es sein, dass du bei ihrem Tod etwas nachgeholfen hast? Das Testament spricht Bände – es könnte doch sein, dass Tante es noch einmal zu meinen Gunsten verändert hätte, eine Änderung wäre ja nicht die erste!"

„Jetzt drehst du wohl total durch, lieber Egon, du spinnst doch! Vielmehr könnte ich vermuten, dass du die Finger im Spiel hattest – warst du nicht in der letzten Woche bei ihr, um dir Geld zu leihen, und sie hat abgelehnt? Wenn ich das dem Kommissar erzähle, bist du fällig!"

Schweigen auf der Gegenseite des Telefons, dann kam nur noch das Leerzeichen – Egon hatte aufgelegt.

Die Mitarbeiterin beim Nachlassgericht war sehr freundlich und entgegenkommend. Schon an diesem Nachmittag konnte Karin den Erbschein in Empfang nehmen und sich dann um die Beisetzungsformalitäten kümmern. Die Polizei hatte sie bereits darüber informiert, dass der Leichnam zur Bestattung freigegeben worden sei – der letzte Weg von Tante Amalie konnte begangen werden.

Kapitel 12

F asner stand abseits des frisch ausgehobenen Grabes am Friedhof und wartete auf den Trauerzug. Er hatte sich vorzeitig der Trauerfeier entzogen, um aus der Entfernung einen Blick auf die einzelnen Personen werfen zu können. Die Verstorbene musste einen sehr großen Bekannten- und Freundeskreis gehabt haben, denn die kleine Friedhofskapelle war bis auf den letzten Platz von überwiegend alten Menschen besetzt.

Der ganze Fall ging ihm noch einmal durch den Sinn. Die Befragung der beiden Männer neulich hatte ihn nicht wirklich weitergebracht. Beide hatten kein hieb- und stichfestes Alibi. Zumal es nicht erwiesen war, wann die tödlichen Blätter zur Pfefferminze gelegt worden waren. Wurden sie untergemischt oder in einer Extraschicht unter die Minze gelegt und wären somit erst Tage später benutzt worden? Im Prinzip könnte somit sogar wieder die Nichte in den Kreis der Verdächtigen geraten. Er kratzte sich am Kopf. Alles sehr unbefriedigend, auf der Stelle zu treten war nicht sein Ding ...

Soeben öffneten sich die Türen der Kapelle, und der Sarg wurde auf einem fahrbaren Untersatz zum Bestimmungsort bewegt. Dicht gefolgt von Karin, an ihrer Seite Thomas, der sie zwar fürsorglich stützte, dabei jedoch eher unbeteiligt wirkte. Egon schlurfte an ihrer linken Seite. Dahinter die Nachbarn und etliche alte Damen, die möglicherweise dem Handarbeitskränzchen und dem Frauenchor, in dem die Verstorbene bis zu ihrem Tode aktiv gewesen war, angehörten.

Nachdem der Zug vor der letzten Ruhestätte anhielt, intonierten die Damen des Chores das Kirchenlied 'So nimm denn meine Hände' – Karin schluchzte laut auf, Thomas stützte sie, und als der Pfarrer anfing, seinen letzten Segen zu sprechen, weinte Karin jämmerlich. Die Tränen rannen ihr über das Gesicht, und das Gebet für die Verstorbene und denjenigen, der ihr als Nächster folgen würde, konnte sie nicht mitsprechen – ihre Stimme versagte den Dienst.

Na, sie scheidet definitiv als Täterin aus, dachte Fasner. Das hier war nicht gespielt. Ein Schniefen hinter ihm ließ ihn aufmerken. Wer trauerte denn da noch so? Oder war es vielleicht nur aus Mitleid gegenüber einer Trauernden?

Aufmerksam schaute sich der Kommissar um. Da sah er in einiger Entfernung einen jungen Mann mit einem Hoody, der die Kapuze tief ins Gesicht gezogen hatte. Auffällig waren weiße Baumwollhandschuhe, die er trotz der milden herbstlichen Temperaturen trug.

Langsam ging er auf ihn zu. Instinktiv. Er wollte ihn nicht erschrecken, denn dass mit ihm irgendetwas nicht stimmte, sah er auf den ersten Blick.

Der junge Mann bemerkte jedoch sein Kommen, und wie ein Schatten war er wieder verschwunden. Seltsam. Was hatte dieser Mensch mit Amalie Busche zu tun? Was suchte der hier bei der Beerdigung? Er würde nachher Karin Mertens nach ihm fragen, wenn die Trauergesellschaft bei Kaffee und Butterkuchen zusammensaß.

Kapitel 13

Irgendwo in der Ferne läutete eine Glocke Alarm...
Es dauerte eine ganze Weile, bis Karin begriff,
dass es ihr Handy war, welches auf dem Couchtisch lag
und klingelte.

Sie war doch tatsächlich hier auf dem Sofa eingeschlafen, als sie total müde und durchgefroren von Tante Amalies Beerdigung gekommen war. Nun stellte sie fest, dass jemand fürsorglich eine Decke über sie gelegt hatte. – Thomas hatte sie also dort entdeckt, zugedeckt und weiterschlafen lassen.

Nun rappelte sie sich auf und griff nach dem Telefon.

„Hallo?"

„Hier ist Birthe. Entschuldige, dass ich so spät noch störe, Du schläfst sicher schon – aber hier ist irgendwas merkwürdig."

„Wie – was ist denn los?"

„Bei Amalie nebenan im Haus ist Licht. Kommt mir

komisch vor. Vorm Haus ist alles dunkel, aber aus dem Küchenfenster kommt ein Lichtschein. Hat das was zu bedeuten?"

„Ich weiß nicht...", Karin wurde jetzt richtig wach. „Untersucht denn die Polizei da jetzt so spät noch etwas?"

„Es steht kein Polizeiauto an der Straße und es ist auch kein Licht im Hausflur oder so. Könnte da ein Einbrecher eingestiegen sein? Amalie hatte doch so schönes Silberbesteck, sie hat es mir mal ganz stolz gezeigt."

„Ich geh mal nachschauen! Danke Birthe, mach dir erst mal keinen Kopf! Gut möglich, dass mein lieber Bruder Egon da klammheimlich etwas aus der Wohnung holen will. Ich weiß, das ist gemein von mir, aber ich traue ihm zu, dass er noch schnell irgendwelche Dinge mitnehmen will, bevor für das Nachlassgericht das Inventar erstellt wird."

„Oh, meinst du? Naja, ich dachte jedenfalls ich sage dir sicherheitshalber Bescheid!"

„Das war auch richtig so! Ich rufe dich morgen früh an und erzähle dir, was los war. Nun gute Nacht, schlaf gut!"

„Gut Nacht Karin, gib Bescheid, wenn du irgend eine Hilfe brauchst – du weißt ja, wir sind immer für dich da!"

Nun doch sehr beunruhigt schnappte Karin sich ihre Jacke, schlüpfte in die Schuhe, griff nach dem Autoschlüssel und rannte die Treppe hinunter auf die Straße. An Thomas dachte sie dabei gar nicht, der ja sicher im Zimmer nebenan im Bett lag und schlief.

Mit dem Auto war sie recht schnell beim Haus der Tante. Tatsächlich, ein schwacher Lichtschein fiel aus dem Küchenfenster auf die Büsche vor dem Fensterbrett. Sie lief den schmalen Gartenweg entlang und schaute um die Hausecke. Die Terrassentür stand halb offen! Dann lugte sie zum Küchenfenster hinein. Auf dem Küchentisch stand die kleine Tischleuchte von der Flurkommode, den Schirm mit einem dünnen Tuch halb abgedeckt, daneben das gute Teegeschirr der Tante, das sie nur zu besonderen Anlässen benutzt hatte - elfenbeinfarben mit Goldrand. Zwei Tassen, Teekanne auf dem Stövchen und die Zuckerdose. „Was zum Teufel ..." wollte sie sagen, fühlte jedoch im nächsten Augenblick eine behandschuhte Hand, die sich hart auf ihren Mund presste, und eine zweite Hand bog ihr mit festem Griff den Arm auf den Rücken.

Dann spürte sie heißen Atem an ihrem Ohr, als eine leise Stimme flüsterte:

„Bleib ganz ruhig! Dann wird dir nichts geschehen. Geh` brav mit mir ins Haus. Wenn du tust, was ich dir sage, muss ich dir nicht unnötig weh tun!"

Völlig erschrocken setzte sich Karin mechanisch in Bewegung, wurde in die Küche dirigiert und dort auf einen der Stühle gedrückt. Nein, das war nicht Egon, der hier sich heimlich bereichern wollte, das war ein fremder Eindringling, der immer noch eng hinter ihr stand und seinen Griff nicht lockerte. Wieder flüsterte die Stimme ihr ins Ohr, eindringlich, fast schmeichelnd:

„Nun, meine Liebe, wenn du versprichst, schön still zu bleiben, lass ich dich los."

Sie nickte mit dem Kopf. Die Gedanken rasten, was sollte sie tun? Was bedeutete das hier? War das der Mörder von Tante Amalie? Sollte jetzt sie umgebracht werden? Könnte sie Hilfe holen, Birthe auf sich aufmerksam machen? Könnte sie unbemerkt an ihr Handy kommen, das sich in ihrer Jackentasche befand? Konnte sie aufspringen, dem Scheusal den Stuhl vor die Knie schleudern und schneller als er es nach draußen schaffen, um sich im dunklen Garten in den Büschen zu verstecken?

Langsam löste sich die Hand von ihrem Mund und die Gestalt glitt neben ihr auf den zweiten Stuhl, immer noch ihren Arm umklammernd. Behutsam drehte Karin den Kopf und schaute dem Eindringling ins Gesicht. Tatsächlich, es war der Typ, der sie schon lange verfolgte und beobachtete. Er trug den gleichen Pulli, die Kapuze weit ins Gesicht gezogen, jedoch fehlte nun die Sonnenbrille. Und sie erkannte die eisblauen Augen des jungen Mannes, der vor gar nicht langer Zeit neben ihr auf der Parkbank gesessen hatte!

„Was willst du?", krächzte sie mühsam, die Sprache wollte ihr noch nicht richtig gehorchen. Gleichzeitig redete sie sich innerlich gut zu. Nur nicht provozieren, sondern Herr der Situation bleiben!

„Ich will nichts Schlimmes, nur ein wenig mit dir meine Träume teilen. Komm, trink einen Tee mit mir, du wirst schon sehen ...". Dabei schenkte er aus der Teekanne ein dampfendes Getränk in die Tassen. „Trink!", befahl er jetzt mit schneidender Stimme. Gehorsam fasste sie den Henkel und führte die Tasse an den Mund. Dann pustete sie hinein, in der Hoffnung etwas Zeit zu gewinnen. Sollte sie jetzt vergiftet werden? Was könnte sie tun, um dem zu entgehen? Wenn doch nur Birthe auf die Idee käme, noch einmal nachzuschauen!

Mit einer sehr plötzlichen und sehr schnellen Bewegung ließ sie die Tasse fallen und fegte das Geschirr vom Tisch. Mit einem Schmerzensschrei sprang der junge Mann auf, vom heißen Tee verbrüht. Seine Augen funkelten sie wutentbrannt an.

Da hörte sie: „Keine Bewegung! Polizei! Rüber zur Wand!". Zwei uniformierte Beamte stürmten herein, drückten den Eindringling gegen die Küchenwand. Einer legte ihm Handschellen an, der andere dirigierte Karin energisch zur Spüle:

„Haben Sie schon etwas von dem Tee getrunken? Dann bitte sofort Finger in den Hals!"

„Nein, nein!", stotterte Karin und zitterte jetzt am ganzen Körper wie Espenlaub. „Gott sei Dank, dass sie gekommen sind! – Woher wussten Sie??".

„Ihre Nachbarin hat uns gerufen und gemeint, dass Sie in Gefahr sein könnten, immerhin ist dieses Haus ja noch immer ein versiegelter Tatort, unwahrscheinlich also, dass Sie hier eingedrungen wären, um gemütlich Tee zu trinken."

Die Beamten telefonierten mit ihrer Einsatzzentrale, brachten den Festgenommenen in das Polizeiauto und fragten Karin, ob sie nach Hause gebracht werden wolle. Am nächsten Morgen wolle man sie zu diesem Vorkommnis befragen, dann solle sie sich, wie sie es ja schon kenne, bei Hauptkommissar Fasner melden. Sie versprach es und erklärte, sie würde ihre Freundin Birthe bitten, sie nach Hause zu bringen. Vielleicht durfte sie heute Nacht auch einfach bei Birthe bleiben ...

Als Birthe ihr öffnete, hatten die Beamten bereits die Scherben vom Teegeschirr eingetütet, die aufgehebelte Terrassentür verschlossen und gesichert und fuhren davon.

Kapitel 14

N un, Herr Kruse, jetzt erzählen Sie mal, was Sie im Haus von Frau Busche gewollt beziehungsweise gemacht haben. Und nehmen Sie die Kapuze vom Kopf, die brauchen Sie hier nicht", forderte er ihn streng auf. Fasner hatte in Jens Kruse sofort den jungen Mann vom Friedhof wiedererkannt, der vor ihm geflohen war.

Jens Kruse gehorchte, blickte dann aber verstockt auf den Boden und verschränkte die Arme vor der Brust. Er würde gar nichts sagen, dachte er. Sollte die Polizei doch ohne seine Hilfe klarkommen, wenn sie ihn so geringschätzig behandelten. Er fühlte genau, dass man ihm misstraute oder ihn sogar verdächtigte.

Eine Weile betrachtete Fasner ihn nur stumm und versuchte sich ein Bild von ihm zu machen. Dieser junge Mann erschien ihm sehr merkwürdig. Aber hatte er es nicht immer mit merkwürdigen Menschen zu tun? Sonst würden sie wohl kaum ein Verbrechen begehen, sinnierte er. Und schon war Jens Kruse in den Kreis der Hauptverdächtigen gerückt, denn noch immer trug der die weißen

Baumwollhandschuhe, die ihm schon auf dem Friedhof aufgefallen waren. Er sollte noch nachfragen, ob die Spusi Fasern von weißer Baumwolle gefunden hat, überlegte er.

„Warum tragen Sie Handschuhe?", stellte er ihm die nächste Frage, um ihn aus der Reserve zu locken.

Jens Kruse schaute dem Kommissar nur kurz ins Gesicht, erwiderte aber wieder nichts.

„Okay, ziehen Sie sie aus." Fasner beugte sich zu ihm und wollte schon zu seinen Händen greifen. Doch blitzschnell entzog sich Kruse.

„Das wollen Sie nicht sehen!", wurde er sehr heftig. „Mann! Ich bin krank. Meine Haut schält sich von den Händen und es tut sauweh!", wurde er laut.

Zufrieden lehnte sich Fasner zurück. Immerhin hatte er ihm eine Reaktion entlocken können. Das war schon mal ein Anfang

„Warum haben Sie Frau Busche umgebracht?", provozierte er ihn weiter.

„Iiiichhh?", brauste Kruse auf. "Mann, Sie spinnen ja! Warum sollte ich die liebe alte Dame wohl umbringen? Was hätte ich davon?"

„Nun, das genau möchte ich von Ihnen wissen." Wieder beugte sich Fasner vor, drang in Kruses Individualbereich ein um ihn einzuschüchtern. Tatsächlich drückte sich Jens Kruse stärker an die Rückenlehne. „Schließlich wurden Sie im Haus von Frau Busche aufgegriffen. Und anscheinend haben Sie sogar versucht, die Nichte, Frau Karin Mertens, ebenfalls zu vergiften. Der Tee wird gerade untersucht. Also leugnen Sie nicht.”

„Aber... aber, niemals würde ich der Karin etwas antun. Im Tee war kein Gift. Ehrlich! Ich wollte mit ihr nur gemeinsam auf die Reise gehen.”

„Was soll das denn jetzt heißen? Hatten Sie einen Hanf-Tee zubereitet?”

„Nein, aber so etwas Ähnliches. Ich mache nichts Verbotenes.”

„Nun reden Sie nicht andauernd in Rätseln!”, fuhr ihn jetzt der Kommissar an. „Was haben Sie genommen?”

„Na, diese Blume da draußen im Kübel. Im Übrigen waren die Blüten ja schon vertrocknet, kann also nicht so schlimm gewesen sein. Ich hatte mir schon einmal damit einen Tee gemacht. Er nahm mir die Schmerzen in den Händen und außerdem hatte ich tolle Träume. Er machte mich frei. Wenn Sie verstehen, was ich meine. Das wollte ich mit Karin teilen.”

Fasner wechselte das Thema. Das genaue Ergebnis der

Untersuchung würde in Kürze sowieso auf dem Tisch liegen.

„Wie lange kennen Sie Frau Mertens?", wollte er nun wissen.

Jens Kruse runzelte die Stirn. Er schien ernsthaft nachzudenken.

„Ich weiß nicht genau. Ich glaube mein Leben lang." Er sah den Kommissar mit einem verschleierten Blick an. „Wir sind für einander bestimmt, wissen Sie?"

Fasner räusperte sich. Oh, je, dieser Mann war wirklich speziell. Möglicherweise mussten hier sogar die Psychologen ran.

„Weiß Frau Mertens das auch?"

Irritiert sah ihm Jens ins Gesicht. „Aber sicher, ihre Seele weiß das schon immer. Nur …"

„Also, das heißt wohl eher, dass sie es nicht bewusst weiß", ging der Kommissar vorsichtig darauf ein.

„Na, ja ...". Kruse rutschte unruhig auf dem Stuhl hin und her. „Ich wollte ihr gestern Abend helfen, sich daran zu erinnern. Sie sehen ja, dass das Schicksal es so wollte. Denn ich habe sie nicht gerufen. Sie kam von allein ins Haus."

Fasner stand auf, drehte sich um und fasste sich an den

Kopf. Na, Bravo, dachte er. Mord aus Zufall von einem unzurechnungsfähigen liebeskranken Mann. Wie soll ich das beweisen?

Die Tür öffnete sich und Irmi trat herein. „Entschuldige, dass ich störe, aber ich glaube, du wartest sicher schon auf das Ergebnis der Untersuchung." Sie reichte ihm ein Blatt Papier.

Fasner warf einen kurzen Blick darauf. „Danke, Irmi. Hab' ich mir schon gedacht."

Tatsächlich bestand der Tee aus dem Stoff, der bei Tante Amalie zum Tod geführt hatte, nur nicht in tödlicher Dosis. In dieser Menge führte er lediglich zu halluzinogenen Zuständen.

„Tja, Herr Kruse, wir werden Sie wohl für eine Weile hierbehalten müssen, bis wir Ihre Unschuld beweisen können."

„Soll das heißen, dass Sie mich verhaften?" Jens Kruse bekam ängstliche Augen. „Das können Sie nicht machen. Ich habe Platzangst! Das halte ich nicht aus!" Er sprang auf und der Stuhl kippte um. „Ich sag Ihnen, wer der Mörder ist. Denn ich habe alles ganz genau gesehen!"

„Ach, das ist ja interessant! Und das soll ich Ihnen jetzt glauben? Warum haben Sie es nicht gleich gesagt?" Fasner wurde wütend. Zum Beamten gewandt, der dem

Verhör beigewohnt hatte, sagte er nur knapp. „Abführen!"

„Nein! Das dürfen Sie nicht! Wollen Sie denn gar nicht wissen, wer der Mörder ist?"

Fasner sah in sein entsetztes Gesicht. „Wir machen jetzt eine Pause und später erzählen Sie mir, wer der Mörder ist."

Der Polizist ergriff Kruse sanft am Arm und führte ihn aus dem Verhörraum, Fasner wischte sich über die Stirn und verließ ebenfalls das Zimmer.

Kapitel 15

I rmi, ist die junge Nachbarin des Opfers schon da? Wie heißt sie noch, Hoffmann?"

„Ja, soll ich sie ins Verhörzimmer bringen lassen?"

„Nein, nicht nötig, aber ich will sie hier im Büro sprechen - schenk mir noch ein paar Minuten und einen Kaffee.

Nach einer viertel Stunde beendete Fasner seine kleine Kaffeepause und lies Birthe, die im Vorraum schon etwas länger wartete, hereinbitten.

„Hallo, Frau Hoffmann guten Tag, Sie können sich sicher denken, weshalb wir Sie zu uns gebeten haben?"

„Ich meine, wegen des Todes von Tante Amalie, ich meine Frau Busche, oder?" Birthe lag damit natürlich völlig richtig.

„Genau. Am Todestag von Frau Busche und auch in den Tagen zuvor – haben Sie da irgendetwas Ungewöhnliches im oder beim Haus Ihrer Nachbarin bemerkt?"

„Lassen Sie mich einen Moment nachdenken Herr Fasner. Wann ist Tante Amalie gestorben? Am Dienstag der vorletzten Woche, richtig? An dem Tag habe ich sie noch am Vormittag im Garten gesehen, sie sprach mit dem Briefboten."

Fasner hörte sehr gespannt zu: „War sonst noch was an dem Tag?"

„Am Nachmittag fuhr eine große Limousine langsam die Straße hoch und wieder zurück, zwei oder drei Leute saßen darin. Ich war gerade vor dem Haus, deshalb habe ich den Wagen gesehen, er fuhr bis zum Ende der Straße, wendete, kam zurück und hielt kurz an."

„Haben Sie sich den Typ des Wagens gemerkt oder sogar die Nummer?"

„Der Wagen sah so aus wie von einem Aufsichtsrat oder einer Bank, dunkelblau, richtig vornehm, kein deutsches Fabrikat, eher ein Bentley oder so, meine ich. Aber die Nummer habe ich mir nicht gemerkt."

„Bedauerlich. Ein großer Wagen. Bentley? Blau. Drei Leute darin." Fasner notierte diese Fakten, war etwas verwirrt über Birthes Aussage.

„Gehen wir noch einmal zurück auf die Tage vor dem Mord, können Sie uns darüber noch etwas berichten?"

„Freitag zuvor war Thomas schon einmal dort, diesmal aber allein, Karin war ja zur Fortbildung oder so. Er ging ins Haus, kam aber schon nach etwa zwanzig Minuten wieder heraus, denn Amalie hat Freitags immer ihr Kaffeekränzchen im Café in der Stadt – ich habe mich etwas darüber gewundert. Als ich ihn ansprach, sagte er etwas von 'er müsse Unterlagen für Karin holen, die die Tante schon bereit gelegt hätte', ich habe aber nichts gesehen. Am Montag der Woche war ich nach Hamburg, meine künftige WG ansehen, etwa gegen Mitternacht war ich wieder zuhause. Am Tag vorher, also am Sonntag, lungerte am Vormittag ein schlanker junger Mann mit einem Hoody vor der Gartentür herum. Als er mich sah, ist er sehr schnell mit seinem Rad davongefahren. Später war Karin gemeinsam mit Thomas bei ihrer Tante zum Tee, sie hat mir von dem wunderbaren Pflaumenkuchen erzählt, und dass Thomas der Tante Pralinen mitgebracht hat."

Fasner hatte sich alles notiert, konnte sich aber noch keinen Reim darauf machen, zu verwirrend waren die Informationen der jungen Frau.

„Wenn Sie keine Fragen mehr haben, Herr Fasner, würde ich jetzt gern gehen – ich habe noch einen Termin in der Stadt."

„Frau Hoffmann, hätten Sie noch ein wenig Zeit für uns, nur etwa zwanzig Minuten? Ich würde gern eine Gegenüberstellung machen."

„Wenn es nicht länger dauert – aber bitte wirklich nicht länger."

„Versprochen." Er telefonierte kurz mit seiner Sekretärin:

„Wir machen eine Gegenüberstellung in Verhörraum zwei – drei männliche Kollegen und eine Frau bitte, möglichst nicht zwei Meter groß, mit einem Kapuzenpulli, so einem Hoody, angezogen, und schlank müssen sie sein. Dazu dann unser Kandidat in der Warteposition. Bitte sofort Bescheid sagen, wenn es losgehen kann!" Es dauerte keine 10 Minuten, bis der Anruf kam, und er ging in Begleitung von Birthe in den zweiten Verhörraum, der für solche Gelegenheiten optimal war mit der großen, nur einseitig durchsichtigen Scheibe.

Dahinter hatten vier Menschen nebeneinander Aufstellung genommen, alle ein Schild mit einer Ziffer vor der Brust haltend, die Kapuze ins Gesicht gezogen, so dass nur wenig davon erkennbar war.

„Ist der junge Mann, der das Fahrrad führte, dabei,

Frau Hoffmann?"

Birthe sah von einem zum anderen, zweifelnd, zunächst unsicher. Dann nannte sie eine Zahl: „Vier!"

Hinter Nummer Vier verbarg sich Jens Kruse!

„Danke, Frau Hoffmann, Sie haben uns sehr geholfen. Hoffentlich können Sie Ihren Termin noch wahrnehmen!"

„Es wird knapp werden, aber ich denke schon. Auf Wiedersehen!" Mit diesen Worten verließ Birthe das Präsidium, um in die Stadt zu fahren.

Fasner ging hinüber, um seine Gedanken zu sammeln und ein kleines Resümee zu ziehen. Er machte sich stirnrunzelnd Notizen:

Woche 1 – Freitag   Thomas Helmers allein zum Opfer, die war nicht zu Hause, Karin Mertens zur Fortbildung.

Woche 2 – Sonntag   Vormittag - junger Mann am Gartenzaun (Jens Kruse identifiziert) / Nachmittag Karin Mertens und Thomas Helmers gemeinsam dort.

Woche 2 – Montag Birthe Hoffmann in Hamburg, / Karin Mertens am Vormittag beim Opfer / erhält Brief ausgehändigt, in dem die Testaments-Änderung angekündigt wird, anschl. hat das Opfer Termin bei ihrem Anwalt und unterschreibt das neue Testament / Anwalt reicht es umgehend beim Nachlassgericht ein.

Woche 2 - Dienstag   Karin Mertens auf Tagung / Amalie Busche vormittags im Garten / nachmittags großes Auto in der Straße / abends Opfer trinkt vergifteten Tee und verstirbt.

Woche 2 – Mittwoch Karin Mertens findet das Opfer abends bei ihrem turnusmäßigen Besuch.

Woche 2 – Donnerstag Opfer in der Pathologie / Egon Mertens bei Vernehmung, erfährt vom Tod der Tante.

Das große Auto kam ihm wieder in den Sinn. Er rief nach Irmi: „Haben wir eigentlich schon einen Wert des Nachlasses unseres Opfers? War ein Mord für einen Täter überhaupt lukrativ?" „Wir haben doch die Testament-Abschrift!"

Er nahm sich die Urkundenkopie noch einmal vor. „Keine richtigen Wertangaben! Was kosten denn am Tatort die Grundstücke, wissen wir das?"

„Ich frage mal einen Immobilien-Spezialisten, die wissen so etwas!"

„Nein, bitte nicht, besser bei der Stadt im Liegenschaftsamt anrufen, die müssen das auch wissen. Immerhin ist das Grundstück riesig, ich schätze, weit über zweitausend Quadratmeter, und das bei den Grundstückspreisen heutzutage!"

Nachdenklich lehnte er sich in seinem Bürosessel zurück. „Haben wir etwas Wesentliches übersehen?", murmelte er in seinen nicht vorhandenen Bart.

Kapitel 16

Zur gleichen Zeit saß Egon Mertens mit hochrotem Kopf an seinem Küchentisch und setzte zum wiederholten Male die Bierflasche an den Mund. „Verflucht, schon wieder leer!" Er schlurfte zum Kühlschrank, holte eine Neue und öffnete sie mit dem scharfkantigen Schlüssel an seinem Schlüsselbund. Vor ihm auf dem Tisch lag das Testament, welches das Gericht an ihn übersandt hatte. Als beglaubigte Fotokopie, aber fein säuberlich mit einem schwarz-rot-goldenen Band zusammengeheftet, mit einem Papiersiegel befestigt.

„Zur Eröffnung einer Verfügung von Todes wegen der Frau Amalie Busche... blablabla...

Die Verfügung von Todes wegen ist wie folgt datiert... blablabla... Unterschrift: Stoll, Rechtspflegerin." Halblaut las er sich die formellen ersten beiden Seiten durch.

Dann fand er auf Seite 3 die Handschrift von Tante Amalie: „Mein Testament" stand dort geschrieben. „Als meine Erben setze ich meine Nichte Karin Mertens und meinen Neffen Egon Mertens, Kinder meiner verstorbenen Schwester Mariechen Mertens geb. Busche, zu gleichen Teilen ein. Das Haus und Grundstück ist eingetragen im Grundbuchamt in Band 547 Blatt 21810. Das bei meinem Tod vorhandene Barvermögen ist zu gleichen Teilen aufzuteilen, jedoch erst nach einem Vorwegabzug von 75.000,00 Euro, die derjenige erhalten soll, der meinen Kater Maunz zu sich nimmt und pflegt." Wieder murmelte er weiterlesend: „Bla bla bla..." und stierte auf Datum und Unterschrift.

Dies Testament existierte nun tatsächlich bereits seit 4 Jahren. Aber weitere Blätter waren dahinter angeheftet. Er blätterte um und las, was er jetzt schon dutzende Male gelesen hatte: „Mein Testament vom 24. Mai 2014 ändere ich hiermit um, es ist somit nicht mehr gültig. Als meine letztwillige Verfügung gilt folgende Erklärung: Mein gesamtes Vermögen hinterlasse ich meiner Nichte Karin Mertens als Alleinerbin. Mein Wunsch ist, dass sie Haus und Grundstück behält und zur Erhaltung und Renovierung des Gebäudes das vorhandene Barvermögen verwendet. Meinen Neffen schließe ich hiermit von meinem Erbe aus."

Unterschrift, Datum, Beglaubigung des Notars... Mehr nicht. Kurz und bündig, aber nicht mehr dran zu rütteln.

Er schlug mit der Faust auf den Tisch, rieb sich die Stirn und raufte sich die Haare. Was nützte es. Es war zu spät! Die Tante war zu spät gestorben! Hätte sie nur eher diesen verfluchten Pfefferminztee getrunken! Warum zum Teufel musste sie plötzlich an mehreren Tagen einen anderen Abendtrunk zu sich nehmen, nur weil das Wetter so heiß war, und noch an diesem frühen Montagmorgen diese vermaledeite neue letzte Verfügung bei ihrem Anwalt unterschreiben!?! Es wäre doch sonst alles perfekt gewesen! Endlich wäre er all seiner Schwierigkeiten ledig. Und nun? Wie sollte er sich jetzt herauswinden? Zu vollmundig hatte er dem Kerl von Immo Karl Versprechungen und Zusagen gemacht. Der Geschäftsführer war mit ihm und seinem Kompagnon in diesem tollen Bentley am Grundstück vorbeigefahren. Sie waren begeistert von der Lage und zum Geschäft mit ihm bereit gewesen. Freilich hatte er die Verhandlungen so geführt, als sei er bereits zur Hälfte Eigentümer des Grundstücks. Immerhin wäre er es ja auch bald wirklich gewesen, wenn nicht ... Ja, wenn es sich die alte Kuh nicht anders überlegt und das Testament geändert hätte! Es war wirklich zum Verzweifeln. Nun hatte die Sekretärin von der Immo Karl GmbH. schon zweimal bei ihm angerufen, um einen Termin zu vereinbaren und ihm fielen keine Ausflüchte mehr ein, das hinauszuschieben.

„Ich muss mit Karin reden!", grummelte er, „Ich muss Karin überreden, mit diesen Leuten ins Geschäft zu kommen! Und mir muss sie dann eine Vermittlungsprovision zahlen!" Wäre ja noch schöner, wenn er, als ihr einziger Bruder, nicht etwas von all dem Zaster abbekommen sollte.

Familienbande sollten ihr heilig sein! Und hatte sie nicht der Mutter am Sterbebett versprochen, auf den „kleinen" Bruder achtzugeben?! Er griff nach der Schnapsflasche auf dem Bord an der Wand. Gleich zweimal schüttete er das kleine Glas voll und den Inhalt in sich hinein. Dann sackte er auf dem Sofa in sich zusammen und begann laut zu schnarchen.

Kapitel 17

Karin räkelte sich genüsslich und öffnete langsam die Augen. Liebevoll betrachtete sie Thomas, der noch friedlich neben ihr schlief. Sein Arm lag
entspannt auf ihrem nackten Körper.

Lächelnd dachte sie an die letzte Nacht zurück. Eigentlich sogar noch immer überrascht und erstaunt. Was
war da nur passiert? Sie konnte sich nicht erinnern, je-
mals mit Thomas so eine Übereinstimmung gefunden zu
haben. Noch nie hatte er sie derart verwöhnt. Daran
könnte sie sich gewöhnen, dachte sie glücklich.

Vorsichtig schob sie seinen Arm von sich. Es half alles
nichts, sie musste zur Arbeit.

Doch ihr Versuch scheiterte. Er spannte die Muskeln
an und hielt sie fest, als sie aufstehen wollte.

„Nein, bitte, noch nicht!", schmeichelte Thomas Stimme. Sie beugte sich zu ihm hinüber und küsste ihn zart.

„Einer muss ja aufstehen und arbeiten, mein Schatz.
Auch wenn ich alles andere lieber täte."

Jetzt war die Gelegenheit gekommen. Er warf die
Bettdecke zur Seite und sprang auf. „Gut, dann geh du
schon mal ins Bad, während ich das Frühstück

zubereite."

Verwundert blickte sie ihn an, freute sich dann aber. Vorsichtshalber sprach sie ihn nicht auf sein verändertes Verhalten an. Nicht, dass er es sich noch anders überlegen würde. Diesen Luxus wollte sie sich nicht entgehen lassen.

Rasch ging sie ins Bad, und schon kurz darauf hörte sie Thomas fröhlich in der Küche pfeifen.

Ihr Staunen nahm kein Ende. Sie konnte sich überhaupt keinen Reim darauf machen, aber eigentlich wollte sie es auch nicht. Es fühlte sich gerade so richtig schön an. So hatte sie sich schon immer ihre Beziehung gewünscht. Vielleicht hatte er sich ja einfach nur verändert und sich weiterentwickelt. „So etwas gibt es", redete sie sich ein.

Ein prüfender Blick in den Spiegel und sie verließ erwartungsvoll das Bad.

Nun doch überrascht blickte sie auf den liebevoll gedeckten Tisch. In der Mitte stand das blühende Alpenveilchen von der Fensterbank, eine Kerze war entzündet. Es duftete nach Kaffee, und Thomas hatte sogar Frühstückseier gekocht.

„Was ist denn hier los?", platzte sie nun doch heraus.

„Freust du dich gar nicht?" Thomas schien beleidigt zu sein.

So beeilte sich Karin ihn zu versöhnen. „Aber natürlich, mein Schatz. Es ist nur ... es ist einfach ein bisschen ungewohnt." Sie ging auf ihn zu und nahm ihn in die

Arme. „Danke", hauchte sie, und dann küsste sie ihn.

Er nahm die Gelegenheit wahr, verstärkte den Druck seiner Arme, die ihren Körper umschlangen, und küsste sie hingebungsvoll.

Sie löste sich ungern von ihm, doch es musste sein. Noch ein wenig benommen, schaute sie ihn an.

„Ich sollte mich beeilen, damit ich nicht zu spät komme. Der Chef versteht in der Hinsicht keinen Spaß."

„Nun iss erst mal gemütlich, ich bringe dich dann nachher mit dem Cabrio zur Arbeit. Ich muss ja auch in die Uni", schwindelte er.

Noch eine Überraschung, eigentlich zwei. Selten kam von ihm das Angebot, sie zur Arbeit zu bringen, und dass er sogar in die Uni wollte, verwunderte sie.

„Aber zuvor möchte ich dir erst noch eine Frage stellen. Bitte setz dich." Sacht drückte er sie auf ihren Stuhl.

Was war nur heute mit ihm los?

Er griff hinter sich und nahm etwas in seine Hand, das sie nicht sehen konnte. Dann stellte er sich nahe vor sie, schaute liebevoll auf sie hinab. Dann kniete er sich vor ihr nieder.

„Liebste Karin", begann er feierlich, „wir sind nun schon lange genug ein Paar und mir ist längst klar, dass ich ohne dich nicht mehr sein möchte. Du bist der Inhalt meines Lebens. Für dich atme und arbeite ich." Er hatte sich diese Sätze aus dem Internet herausgeholt und sie auswendig gelernt, ohne zu berücksichtigen, dass er noch nie gearbeitet hatte. Aber sie verfehlten nicht ihre Wirkung, denn er sah Karins Augen feucht schimmern. Also fuhr er siegessicher fort.

„Und nun frag ich dich, liebe Karin. Wenn du mich nur einen Bruchteil so liebst, wie ich dich liebe und du dir auch ein Leben ohne mich nicht mehr vorstellen kannst ... Willst du mich heiraten?" In diesem Augenblick schnellte seine Hand nach vorn, öffnete sich und darin lag ein goldener Ring mit einem kleinen geschliffenen Stein.

Karin liefen nun die Tränen ungehemmt über die Wangen. Noch im Einfluss dieser Nacht und ohne ihren morgendlichen Kaffee, den sie immer zuerst brauchte, um vernünftig und klar denken zu können, schlang sie ihre Arme um seinen Hals und stammelte: „Ja, ich will!"

Er küsste sie kurz und erhob sich dann.

„Prima! Dann hätten wir das ja geklärt!", legte den Ring neben ihr Frühstücksgedeck und setzte sich ihr gegenüber. Dann schenkte er sich Kaffee ein.

Sie betrachtete nun den Ring genauer.

„Ist das nicht der Ring aus Tante Amalies Schmuckschatulle?", fragte sie nun verunsichert.

Er blickte kurz auf, während er sich bereits eine Scheibe Brot mit Butter bestrich.

„Ja. Ich dachte, es würde dich freuen, wenn du ihren Ring als Verlobungsring trägst."

Kapitel 18

Das Team um Kriminal-Hauptkommissar Fasner hatte sich vor der weißen Wand versammelt, die mit vielerlei Zetteln und Fotos bestückt war – gerade so, wie man es aus den vielen Krimis im TV kennt.

„Ich frage euch, liebe Kolleginnen und Kollegen: sind wir in der Mordsache Amalie Busche schon irgendeinen Schritt weiter? Haben wir eindeutig Verdächtige, oder sogar schon einen Täter? Ich sage: Wir haben im Grunde NICHTS! Und das gefällt weder mir noch unserem Chef, und erst recht nicht der Presse, die uns teilweise sogar schon Untätigkeit vorwirft. Wir haben, denke ich, etwas Wichtiges übersehen, und deshalb werden wir jetzt noch einmal alle Fakten auf den Tisch legen und auch alle Beteiligten an dieser Sache neu durchleuchten. An die Arbeit."

Fasner ließ sich in seinen Schreibtischsessel sinken, versuchte, sich alle Gedanken, auch die Absurdesten, noch einmal in Erinnerung zu rufen.

„Irmi!", rief er plötzlich mit Stentorstimme, „Irmi, den Ordner mit den bisherigen Erkenntnissen, aber Presto!" Die war völlig verwirrt über den Ton, den ihr langjähriger

Chef plötzlich an den Tag legte, und beeilte sich, ihm das Gewünschte auf den Schreibtisch zu legen.

„Bitte sehr, mein Herr!" Der ironische Unterton in ihrer Stimme war nicht zu überhören.

„Entschuldige bitte, ich war vielleicht gerade etwas grob, aber die Sache macht mir so langsam Kopfschmerzen."

Er nahm die Mappe mit den Unterlagen, blätterte ein wenig ziellos darin herum, erinnerte sich an seine Ausbildung zum Kriminalisten. Die fünf großen 'W's kamen ihm in den Sinn, davon besonders eines: „Wem nützt die Tat?" Bei der Beantwortung dieser Frage gab es nur eine eindeutige Antwort: Karin Mertens!

„Irmi!" Erneut dröhnte seine Stimme durch den Raum. „Hol mir die Mertens her, möglichst sofort!"

„Ja, Chef!" Sie war erneut über seinen Tonfall verwundert – aus den letzten dreißig Jahren hatte sie so etwas nicht in Erinnerung – machte ihn seine baldige Pensionierung so nervös?

Am späten Nachmittag, nach Arbeitsende, radelte Karin erneut zum Präsidium, nichts Böses ahnend. Sie betrat das Kommissariat und wurde sofort von einem der Kommissare ins Verhörzimmer geführt.

„Hauptkommissar Fasner kommt gleich!"

Die Wartezeit wurde Karin wirklich lang, hatte sie doch für heute Abend noch einige Einkäufe geplant, um danach mit ihrem Thomas, zunächst ganz intim, ihre Verlobung mit ihm zu feiern – Freunde und Verwandte sollten erst später von dem Ereignis erfahren.

Nach etwa fünfundzwanzig Minuten betrat Fasner endlich den Raum, von einem weiteren Kommissar begleitet, der sich seitwärts auf einen an der Wand stehenden Stuhl setzte. Fasner nahm wortlos Platz, schaltete das Aufzeichnungsgerät ein und sah sie eindringlich an.

„Frau Mertens, haben Sie uns nicht eigentlich etwas Wichtiges zu sagen? Etwas sehr Wichtiges, das mit dem Tod Ihrer Tante in Zusammenhang steht? Zum Beispiel, ob Sie am Tag ihres Todes nicht doch bei ihr waren?"

Karin war erschüttert, die Vorwürfe und Vermutungen des Hauptkommissars trafen sie völlig unvorbereitet, sie wusste zunächst nichts zu antworten.

„Frau Mertens, bitte beantworten Sie meine Fragen. Dies hier ist keine Befragung wie bei unseren letzten Zusammentreffen – es handelt sich um ihr Verhör als Beschuldigte!"

Die Worte „Verhör" und „Beschuldigte" rüttelten sie auf.

„Was haben Sie gesagt, Herr Fasner, ich als Beschuldigte? Das brauche ich mir nicht gefallen zu lassen, ich gehe!" Sie nahm ihre Jacke und die Handtasche, wollte den Raum verlassen.

„Oh nein, Frau Mertens, das werden Sie nicht tun! Und jetzt sagen Sie mir, wo Sie am Dienstag der vorletzten Woche waren, aber bitte ganz genau, Stunde für Stunde, für uns zum Nachprüfen!"

„Der Mittwoch der vorletzten Woche war der Tag, an dem ich meine Tante aufgefunden habe. Am Dienstag dieser Woche war ich erneut auf Fortbildung in Lüneburg, die Fortsetzung vom Seminar der Woche davor...", sie wurde vom Hauptkommissar sofort unterbrochen: „Waren Sie nicht am Freitag davor zu Ihrer Fortbildung?"

„Ja, sag ich doch, meine Fortbildung war am Freitag und am Dienstag, das können Sie gern nachprüfen."

„Gut, lassen wir das." Er schwenkte auf ein anderes Thema um: „Einen sehr schönen Ring tragen Sie da am Finger, ganz neu?" Er erinnerte sich, so etwas, jedenfalls vom Stil her, in der Schmuckschatulle des Opfers gesehen zu haben. „Hat Ihre Tante Ihnen den Ring geschenkt?" Ein Versuchsballon!

Arglos antwortete sie ihm: „Nein, den habe ich heute in der Früh als Verlobungsgeschenk bekommen – Thomas und ich haben uns endgültig füreinander entschieden, und ich bin auch sehr glücklich darüber, dass ich mit all den Problemen nicht allein bin!"

„Sie wissen, dass er aus der Schmuckschatulle Ihrer Tante stammen könnte?"

„Er IST aus der Schatulle meiner Tante, Herr Fasner, aber nicht entwendet! Thomas hat ihn schon vor einiger Zeit von ihr für mich bekommen".

„Bitte entschuldigen Sie mich einen Augenblick,

Frau Mertens. Er verließ den Raum, ging hinüber in sein Büro.

„Irmi, wir brauchen auch noch heute Nachmittag den Herrn Helmers, bitte besorge ihn uns." Er musste unbedingt wissen, ob sein neuer Verdacht unbegründet war.

Kapitel 19

Zurück im Vernehmungszimmer, wandte er sich wieder seiner bisherigen Verdächtigen zu.

Ok. Sie können jetzt gehen. Aber Sie werden verstehen, dass wir allen Ungereimtheiten nachgehen müssen!" Damit entließ er Karin, die nun total verunsichert war.

„Irmi!", donnerte er dann, „sorge dafür, dass mir der Jens Kruse noch einmal vorgeführt wird!" „Bitte", fügte er zerknirscht hinzu, als er die hochgezogenen Augenbrauen seiner langjährigen Mitarbeiterin sah.

„Nun, Herr Kruse", eröffnete er dann das Verhör, nachdem man ihm den jungen Mann ins Verhörzimmer gebracht hatte. „Sie haben verstanden, dass Sie eindeutig von einer Zeugin identifiziert wurden, die Sie am Gartentor der Ermordeten am Sonntag vor dem Auffinden der Toten gesehen hat. Das allein ist keine Straftat, aber Ihr Versuch, Frau Mertens zu vergiften, ist Grund genug, Sie in Haft zu behalten."

„Ich hab' doch schon gesagt, dass ich Karin nicht vergiften wollte! Es ging mir doch nur um den Rausch!"

„Das erklären Sie mir mal näher!" Hauptkommissar Fasner sah den schmächtigen Burschen scharf an.

„Na, Sie werden das nicht verstehen, wenn Sie das nie probiert haben! Ich erzähl Ihnen, wie das ist, wenn ich auf Engelstrompete bin! Ich habe mir schon häufiger, auch mal mit einem Kumpel zusammen, einen Tee damit zubereitet und dann ziemlich zügig getrunken. Mann, das haut hin, sage ich Ihnen! Als ich auf dem Nachhauseweg war, hat die Straße im Takt mitgewippt; ich wollte mich erst auf dem kuschelig weichen Gehweg schlafen legen, bin dann aber doch nach Hause. Aber als ich mich da im Spiegel gesehen habe, war ich so was von erschrocken! So etwas Beschissenes hatte ich noch nie gesehen, ein total verformtes Gesicht – mit so riesigen Pupillen! Ich bin dann in mein Zimmer, aber da sind dauernd die Wände gegen mich gekracht, und da war mein Kumpel, mit dem habe ich gesprochen, aber der war gar nicht da, wie sich später herausstellte. Und dann diese anderen Typen! – Die waren auch nicht da, habe ich aber erst später gemerkt. Die waren aber soo echt! Und wir sind immer an die Decke geschwebt und haben uns dabei totgelacht!"

Der sonst so schweigsame und in sich gekehrte junge Mann kam richtig in Fahrt.

„Als ich am anderen Morgen wach wurde, hab' ich immer noch Filme geschoben. Ich wusste nicht mal mehr wieso, die Engelstrompete hatte ich glatt vergessen, hab aber wieder Tiere und meine Freunde gesehen, was übelst interessant war, vor allem, weil meine rechte Hand von einem Zauber belegt war. Von nun an war ich in der Lage, jedem Menschen mit meinem verzauberten Finger einen Stromschlag zu versetzen. Ich hab das an mir ausprobiert, das tat sogar richtig weh! Als ich keinen Bock mehr darauf hatte, habe ich meinen Kumpel gefragt, ob ich immer noch so riesige Pupillen hätte, aber der hat sich einfach in Luft aufgelöst. Ich hab' mich dann gewundert, dass in meinem Zimmer alles umgeschmissen war, das müssen ja meine Freunde gewesen sein, war irgendwie eine tolle Party, mit dem Schweben und so. Bis abends war ich immer noch nicht richtig runter von dem Zeug, ich konnte nichts lesen, die Buchstaben waren alle nicht groß genug, und mein Gesicht sah im Spiegel immer noch scheußlich aus. Trotzdem habe ich mir fest vorgenommen, wieder mal solch einen Trip zu machen. Und da wollte ich unbedingt Karin mitnehmen!"

„Dass es verboten ist, jemandem Rauschgift zuzuführen, vor allem auch noch ohne dessen Zustimmung, das ist Ihnen bekannt. Sie werden auch wissen, dass man das Gift der Engelstrompete sehr schwierig dosieren kann. Es ist kaum zu steuern, ob es für einen Rausch sorgt oder tödlich wird, also kann Ihnen unter Umständen ein Mordversuch an Frau Mertens unterstellt werden. Dass Ihr Eindringen in das Haus der Frau Busche ein Einbruch war, ist ebenso klar. Da werden Ihnen also mehrere Straftaten zur Last gelegt. Das fällt jetzt nicht mehr in meine Zuständigkeit, sondern in die des Staatsanwalts. Aber ich ermittele immer noch im Mordfall Amalie Busche. Da sind Sie in der Hauptsache verdächtig!"

„Nein! Ich wollte der Karin nichts tun! Ich wollte ihr nur nahe sein und ihr helfen, sich zu mir zu bekennen. Ich habe doch gemerkt, dass sie mich liebt! Sie hat mir sogar mal auf einer Parkbank ganz fragend direkt in die Augen geschaut – so als würde sie fragen, ob ich sie liebe! Und ich habe Ihnen doch schon gesagt, dass ich weiß, wer da was in die Teedose getan hat!"

„So, und was wissen Sie und woher?" Fasner blickte ihn streng an.

„Na der Freund von Karin! Ich habe an dem Sonntag da am Küchenfenster gestanden und da hab' ich ihn gesehen, mit der grünen runden Teedose von der Frau Busche in der Hand. Er hat sie sorgfältig mit einem Handtuch abgewischt. Warum wohl? Karin und die Tante waren da im Wohnzimmer!"

Triumphierend schaute er den Hauptkommissar an. Dieser runzelte die Stirn. Es stimmte nach seinen Unterlagen, dass Thomas Helmers und Karin Mertens an diesem Sonntag nachmittags bei der Tante waren. Und die Zeugin Birthe Hoffmann hatte ausgesagt, den Jens Kruse an diesem Nachmittag am Haus gesehen zu haben. Die Teedose wies lediglich die Fingerabdrücke der Tante auf, aber der Täter konnte sie sorgfältig abgewischt haben. Und der Jens Kruse trug immer Baumwollhandschuhe, also hätte er es theoretisch auch tun können - nur hatte der kein so überzeugendes Motiv, die Tante abzuservieren, da waren die Erben des nicht unbeträchtlichen Vermögens schon mehr im Fokus!

„Abführen", befahl Fasner daher kurz und bündig dem zweiten Beamten im Raum und ging sinnierend zurück an seinen Schreibtisch. Mittlerweile lagen ihm nun auch Zahlen über die Erbmasse vor, die Karin Mertens als Nichte allerdings nun auch mit einem Steuersatz von 43 % würde versteuern müssen. Trotz der hohen Steuerlast würde sie sich jedoch gut damit sanieren können. Sie hatte hohe Schulden abzubezahlen, wie sich herausgestellt hatte. Sie war so verschuldet, weil sie ihrem Freund vor längerer Zeit ein hohes Darlehen gegeben hatte, und außerdem ihren Bruder unterstützte, und selbst lange Zeit arbeitslos war. Nun war sie gewiss ihre Sorgen los, denn Haus und Riesengrundstück waren einiges wert und das vererbte Barvermögen bezifferte sich auf etwa eine viertel Million Euro.

„Aber, verdammt, ihr ganzes Verhalten spricht dagegen, dass sie kaltblütig solch eine Tat geplant und begangen haben sollte!", dachte Fasner halblaut. „Was ist eigentlich mit diesem Verlobten? Den muss ich dann jetzt mal näher durchleuchten!" Er griff schon wieder zum Telefon, die Mittagspause fiel heute schon wieder einmal aus.

„Irmi, versuche doch bitte, den Halter des blauen Bentley zu ermitteln!" Irmi machte sich sofort an die Arbeit, wurde im ZEVIS, dem Infosystem des Kraftfahrtbundesamtes, sehr schnell fündig.

„Hab ihn schon gefunden, gibt hier nur einen am Ort, und der gehört einer Immo Karl GmbH".

„Dann verbinde mich bitte mit dem Geschäftsführer von Immo Karl, er muss uns Informationen geben. Haben wir den Helmers schon einbestellt?"

„Helmers kommt, und die Verbindung mache ich jetzt!"

Seine Mitarbeiterin verband ihn mit der gewünschten Nummer. Dort meldete sich die Sekretärin des Geschäftsführers.

„Immo Karl GmbH, mein Name ist Conny Michels. Was kann ich für Sie tun?"

Fasner hasste diese nach seinem Verständnis völlig

überflüssige Form der Telefon-Begrüßung.

„Hier spricht Kriminalhauptkommissar Fasner von der Mordkommission. Ich wünsche Ihren Geschäftsführer zu sprechen!" Seine Stimme klang sehr barsch – die Zeit der sanften Töne im Beruf lag ohnehin weit hinter ihm.

„In welcher Angelegenheit?"

„Werte Dame, verbinden Sie mich mit dem Herrn oder der Dame, aber presto, sonst bekommen Sie mit mir Ärger!"

Stille - dann hörte man den Wähl- und danach den Rufton.

„Schulz! Sie wollten mich sprechen?"

„Ja, das will ich in der Tat! Ich bin Hauptkommissar Fasner von der Mordkommission. Ich möchte Sie bitten, kurzfristig ins Präsidium zu mir zu kommen, ich habe in einem Kriminalfall einige dringende Fragen an Sie. Bitte bringen sie zu unserem Gespräch auch die Unterlagen und Informationen mit, die Sie zum Grundstück der Amalie Busche haben. Wenn es Ihre Zeit erlaubt, kommen Sie bitte noch heute zu mir, sonst gleich morgen am Vormittag. Geht das in Ordnung?"

Kurzes Stocken am Ende der Leitung, dann war zu hören, wie Schulz seine Sekretärin nach seinen aktuellen Terminen befragte.

„Herr Fasner, ich fahre gleich los, ist Ihnen das recht?" Fasner war zufrieden, es ging voran.

„Irmi", brüllte er erneut. „Ja?" Am Tonfall hörte sie, dass er wieder der Alte war. Neugierig streckte sie den Kopf zum Büro hinein. „Was gibt es?"

Fasner strahlte sie an und rieb sich die Hände. „Es kommt Bewegung ins Spiel. Gleich kommt so ein Immobilienheini von Immo Karl. Lass ihn sofort zu mir rein."

„Okay", sprach's und verschwand wieder. Na endlich, dachte er. Er spürte schon, dass diese Information entscheidend werden könnte.

„Der Helmers ist schon da. Wohin mit ihm?" Irmi schaute fragend durch die Tür.

„Setz ihn ins Verhörzimmer. Haben wir einen freien Kollegen? Der kann ihn sich schon mal ein bisschen vornehmen. Mürbe machen. Ich will erst mit dem von der Immo Karl reden, dann stoße ich dazu. Ach, bring mir doch bitte noch schnell einen Kaffee und hast du vielleicht einen Keks für mich?"

Irmi blickte auf ihn herab und lächelte. „Du hast wohl gesehen, dass ich mir Kuchen mitgebracht habe, oder? Na gut, du kriegst ein Stück ab, weil du immer so nett zu mir bist." Grinsend verließ sie das Büro. Diesen kleinen Seitenhieb konnte sie sich nicht verkneifen.

Als sie mit dem Gewünschten wieder hereinkam, schaute Fasner sie dankbar an. „Ich bin am Verhungern. Meine Frau hat mir heute nichts mitgegeben, und das Frühstück war auch nur imaginär."

„Oh, hängt der Haussegen schief? Deshalb heute deine miese Laune?"

„Ach, Irmi, du müsstest mich schon so langsam kennen. Du weißt doch, dass es nie etwas mit dir persönlich zu tun hat, wenn ich ausraste. Wenn ich dich nicht hätte. Du bist schließlich die einzige Konstante in meinem Leben. Was würde ich ohne dich nur tun?"

„Puh, ist schon gut! Rede dich nicht um Kopf und Kragen", lachte sie, nun aber mehr als versöhnt.

Nach nur etwa zwanzig Minuten stand Schulz schon vor dem Kommissariat.

Die Tür zum Vorzimmer öffnete sich. Das Klopfen hatten beide überhört. Ein sonnengebräunter, sportlich erscheinender Mittvierziger trat ein. „Bin ich hier richtig? Ich möchte zu Kommissar Fasner!" Bei diesem Bild von einem Mann verschlug es Irmi fast die Sprache, so ein Typ kam wirklich nicht alle Tage in ihr Vorzimmer – und diese Stimme ... Nach einigen Augenblicken antwortete sie auf seine Frage: „Ja, kommen Sie nur weiter." Fasner beißt nicht, auch wenn er es heute zweimal versucht hat, dachte Irmi schelmisch.

Sie begleitete ihn zu dessen Tür; der kaute noch genüsslich mit dicken Backen den trockenen Rührkuchen, den sie ihm spendiert hatte, und spülte ihn mit einem Schluck Kaffee hinunter. Schließlich stand er auf, um den Besucher zu begrüßen. „Entschuldigen Sie, mein Frühstück am Nachmittag. Fasner", stellte er sich vor. „Wir hatten gerade miteinander telefoniert. Toll, dass Sie es ermöglichen konnten, so bald zu uns zu kommen, Herr Schulz. Dann erzählen Sie mal."

Der schluckte ein wenig, zögerte, wirkte nicht mehr so überlegen wie bei seinem Eintritt: „Ich weiß gar nicht, wie ich beginnen soll! Es ist so: unsere Immobilienfirma interessiert sich tatsächlich für das Haus samt Grundstück der verstorbenen Frau Busche. Uns wurde das Grundstück aber von zwei potentiellen Verkäufern angeboten, was für uns sehr verwirrend war, denn keiner der beiden Anbieter hatte entsprechende Vollmachten! Eine Anfrage beim Katasteramt ergab auch nur eine Eintragung auf Frau Busche!

Als wir dann erfahren haben, dass es sich bei der Verstorbenen möglicherweise um ein Mordopfer handelt, soweit ich es trotz der Anonymität der Personalien des Opfers der Presse entnommen habe, haben wir die Sache zunächst gestoppt. Also wir vermuteten es." Er verzettelte sich schließlich und brach ab.

„Das war eine weise Entscheidung. Wer auch immer Ihnen das Grundstück angeboten hat – er besitzt es nicht und hat voraussichtlich auch keinen Anspruch darauf zu erwarten. Haben Sie denn schon Unterlagen zu dem Geschäft?"

„Ich habe hier die wenigen Informationen mitgebracht, die ich bis jetzt habe. Eigentlich nur der Auszug vom Katasteramt und einen Bebauungsplan der Stadt, die dort ein großes Wohngebiet plant. Wissen

Sie, wenn es hier um Mord geht, da werden wir nichts weiter unternehmen, bis alles geklärt ist. Ich bin beauftragt, mich um dieses Grundstück zu kümmern und das Geschäft abzuwickeln. Nun liegen mir aber diese Angebote vor, und ich sehe mich in einer Zwickmühle!"

„Herr Schulz, Sie haben klug gehandelt. Von wem und wann hatten Sie eigentlich die Angebote bekommen? Und wann das erste, wann das zweite?"

„Also schon vor etwa drei Wochen hat mich ein Egon Mertens, Neffe der Verstorbenen kontaktiert. Und gestern ein Thomas Helmers, Verl..."

„Verlobter von Karin Mertens, Nichte der Verstorbenen!", fiel ihm Fasner ins Wort. „Wunderbar! Herr Schulz! Sie haben wirklich sehr richtig gehandelt. Erzählen Sie mir bitte, was Sie bereits unternommen hatten?"

„Nun ja, als Erstes haben wir uns, das heißt ich und mit mir gemeinsam noch zwei weitere Leute aus der Immobilienverwaltung, das Anwesen vom Auto aus im Vorbeifahren angesehen, da Herr Mertens noch keine Zeit hatte, um es uns vor Ort direkt zu zeigen."

Ha, keine Zeit, dachte Fasner. Das wäre ja viel zu auffällig gewesen. Außerdem war das Haus noch immer abgesperrt und versiegelt.

„Die Lage ist für unsere Pläne einfach perfekt. Und so haben wir uns die Unterlagen kommen lassen. Mit Herrn Mertens habe ich heute keinen Kontakt bekommen. Er ging nicht ans Handy. Denn eigentlich wollte ich ihn darauf ansprechen und ihn fragen, wer denn nun für uns der richtige Ansprechpartner sei? Er oder Herr Helmers? Dann kam mir das alles sehr merkwürdig vor und als ich dann den Artikel in der Zeitung sah und dann noch Ihre Einladung nach hier erhielt, wurde mir einiges klar."

„Sehr gut, Herr Schulz. Sie haben mir wirklich sehr geholfen." Fasner stand auf, um seinen Besucher zu verabschieden.

„Was soll ich denn nun sagen, wenn einer von beiden anruft?" wollte Schulz abschließend noch wissen.

„Gehen Sie einfach weiter darauf ein und tun sie so, als wüssten Sie nichts von allem. Nur nicht dem einen vom anderen erzählen. Sollten Sie erneuten Kontakt haben, melden Sie sich bitte wieder bei mir, um zu berichten."

„Das werde ich tun, und auch meine Mitarbeiter entsprechend instruieren. Danke!" Mit einem Kopfnicken verabschiedete er sich und verließ das Büro.

„Irmi! Das könnte etwas werden, womit wir ihm auf die Schliche kommen könnten."

Kapitel 20

T homas war an diesem Nachmittag nicht in der allerbesten Laune.

Klar, prima, die vorhergehende Nacht und der Morgen danach waren wirklich wunderbar gelaufen. Karin hatte seinem Liebeswerben und der „Frage aller Fragen" nicht widerstehen können – die Nacht war ja auch wirklich toll gewesen, all seine in vielen vorhergehenden Beziehungen erworbenen Tricks hatten ihre Wirkung auf sie nicht verfehlt, und ihr „Ja" zur Frage, ob sie ihn heiraten wolle, kam aus dieser Stimmung heraus voller Überzeugung.

Jetzt aber hatte ihn dieser penetrant nervende Kommissar – oder Oberkommissar oder Hauptkommissar, na ja, egal – schon wieder ins Präsidium einbestellt. Irgendwie hatte er das Gefühl, dass ihn Fasner hereinlegen wollte.

Ich muss noch einmal alles durchdenken, Fehler sind nicht erlaubt – der Preis ist schließlich ziemlich beachtlich: Karin, eine wirklich schöne, reizvolle und intelli-

gente Frau, die ein riesiges Vermögen zu erwarten hat –
was will man als Mann mehr? Mit Karin als Frau wartet
ein schönes, angenehmes Leben auf mich! Ich kann nur
hoffen, dass keine meiner Verflossenen Ärger macht,
wenn sie von der Hochzeit erfahren, schließlich habe ich
mehreren die Ehe versprochen. Das Beste wird sein, wir
machen unsere Hochzeit zuerst nicht publik, heiraten ir-
gendwo in Italien oder auf einer Nordseeinsel, ohne Ver-
wandtschaft. Meine Mutter werde ich aber wohl oder
übel informieren müssen, irgendwer muss ja die Reise
und die kleine Party finanzieren – noch habe ich ja Ka-
rins Geld nicht, und ich kann sie gerade jetzt auch nicht
noch einmal anpumpen, sie hat schon so viel in mich in-
vestiert. Na ja, Hauptsache, sie verkauft den alten Schup-
pen und das Grundstück möglichst bald, ich werde mit
ihr darüber reden müssen. Ich hoffe nur, dass die Immo-
bilienfritzen dichthalten!

Es war inzwischen später Nachmittag geworden, als Fasner begann, sich wieder einmal mit Thomas Helmers zu beschäftigen.

„Herr Helmers, ich hoffe, meine Einladung zu uns hat Sie nicht allzu sehr aus Ihrem Tagesablauf gerissen, aber als Student kann man sich ja die Zeit gut selbst einteilen, ich habe das noch in bester Erinnerung." Fasner setzte heute zunächst voll auf Anbiederung: „Wenn wir damals auf der Polizeiakademie keine Vorlesungen oder Seminare hatten, haben wir ganz schön die Puppen tanzen lassen, und abends nicht nur theoretisch. Sie genießen ja sicher auch diese Zeit, so angenehm wird das Arbeitsleben nie wieder, sehen Sie mich an, arbeiten von acht Uhr bis manchmal zehn Uhr am Abend!"

Thomas war von diesen neuen Tönen des Kriminalers völlig überrascht. Sollte er sich in dem Mann so getäuscht haben? Die erste 'richtige' Frage von Fasner rückte diesen Eindruck von heute schnell wieder zurecht: „Kann es sein, dass Sie in den letzten Tagen Post von der Universität bekommen haben?"

Thomas überlegte kurz, wie er darauf eingehen sollte; die Wahrheit würde nur Vorteile bringen: „Ja, Herr Fasner, das stimmt. Ich habe mein Engagement an der Uni beendet und habe die Exmatrikulation erhalten!"

Fasner staunte über Helmers Offenheit – er hatte eigentlich eine faule Ausrede erwartet: „Haben Sie schon Pläne für die Zukunft? Sie haben doch, wie mir Ihre Verlobte einmal erzählte, Biomechanik studiert, was kann man denn damit machen?"

„Ich will mit meinen Kenntnissen in die Softwareentwicklung gehen, die Steuerung von Händen und Geräten zum Gehen – ich habe schon vielversprechende Kontakte zu Firmen, für die ich arbeiten kann."

„Brauchen Sie dann nicht auch Mitarbeiter und Räumlichkeiten?"

„Ach nein, das kann ich zu Beginn allein schaffen, vielleicht kann mir Karin bei administrativen Dingen ein wenig helfen."

„Sie sind sich einig?" „Wir haben uns kürzlich verlobt, Herr Fasner, Sie dürfen uns gratulieren!"

„Dann will ich das auch tun. Herzlichen Glückwunsch." Er legt eine kleine Kunstpause ein. „Frau Mertens ist ja demnächst eine sehr gute Partie durch das Erbe ihrer Tante, wie es scheint. Ich habe mich etwas schlau gemacht", Fasner wollte Helmers jetzt schocken und ihn mit einem Teil der Erb-Situation konfrontieren, „auf das Barvermögen fallen ja erhebliche Steuern an, und wenn Frau Mertens ihre - und vielleicht auch Ihre? - Verbindlichkeiten ausgleicht, wird davon nicht mehr viel übrig sein!"

Thomas schluckte, so hatte er sich das Gespräch mit Fasner nicht vorgestellt; er würde mit Karin reden müssen.

Kapitel 21

Zum Glück entließ ihn der Ermittler anschließend, aber mit dem nachdrücklichen Hinweis, sich zur Verfügung zu halten und die Stadt nicht zu verlassen.

Etwas irritiert fuhr Thomas zurück in die Wohnung, die er sich jetzt mit Karin teilte – sein altes Domizil hatte er kurzfristig aufgeben können. Warum sollte er sich jetzt noch die Kosten für ein eigenes Logis antun – hier war er ja bestens versorgt. Und wenn erst die ganze Geschichte mit der Erbschaft und dem Hausverkauf abgewickelt sein sollte, dann würden sie sich ein schnuckliges Nest bauen, nicht zu klein und seinen Ansprüchen angemessen!

Karin hatte den Nachmittag genutzt, um den vereinbarten Termin beim Notar wahrzunehmen. Dr. Fitzek hatte all die Jahre Tante Amalie betreut und war mit den Angelegenheiten bestens vertraut, da war es für sie selbstverständlich, sich jetzt auch weiter an ihn zu wenden. Jetzt, wo die Hochzeitspläne so konkret geworden waren, wollte sie so schnell wie möglich die Umschreibung des Grundstückes auf Ihren Namen beim Grundbuchamt erwirken. Sie plante, genau wie die Tante ja vorgeschlagen hatte, kleinere Modernisierungen im Haus. Vor allem sollte der Geräteschuppen einem Garagen-Neubau weichen. Schließlich hatten Thomas und sie je ein Auto, die nicht immer auf der Straße geparkt werden sollten. Für diesen Garagenbau bedurfte es allerdings einer Baugenehmigung und dafür war die Umschreibung im Grundbuch schon wichtig.

Dr. Fitzek erklärte ihr, das sei keine große Sache. Die Erbschaftsverhältnisse seien klar, er würde es sofort veranlassen. Als er aber dann von Karin hörte, dass sie demnächst eine Heirat plane, horchte er auf.

„Liebe Frau Mertens, ich möchte Ihnen einen guten Rat geben, da Sie doch gerade bei mir sind. Ist Ihr Verlobter der Herr Thomas Helmers?"

„Ja, wieso?" Karin schaute den Anwalt erstaunt und etwas verunsichert an.

„Nun, ich möchte Ihnen nachdrücklich raten, mit Ihrem Verlobten vor einer Heirat einen Ehevertrag abzuschließen! Sie sind jetzt eine vermögende Frau und Herr Helmers hat, wie ich hörte, sein Studium noch nicht beendet. Sie sind ihm als seine Ehefrau zum Un-

125

terhalt verpflichtet. Bei einer evtl. späteren Trennung – ich weiß, wenn man gerade heiratet, will man diese Möglichkeit überhaupt nicht bedenken – aber doch muss man es tun! – würde er Anspruch zur Hälfte an allem haben, was im Laufe der Ehe von Ihnen hinzuerworben wird."

„Ja aber die Erbschaft trete ich ja jetzt an."

„Richtig, aber in der Ehe werden Sie vielleicht teure Anschaffungen von Ihrem Geld machen, oder vielleicht Aktien kaufen, die Gewinn machen etc. – das wären z.B. Posten, die bei Trennung geteilt werden müssten, obwohl es allein Ihr Eigentum ist."

„Ok." Karin schaute ernst und etwas bedrückt drein. Klar, das kam ihr sehr plausibel vor, aber wie würde Thomas auf solch einen Vorschlag reagieren?

„Danke, Herr Dr. Fitzek, ich denke drüber nach. Höchstwahrscheinlich werde ich Ihren Rat befolgen."

Der Anwalt atmete erleichtert auf. Er wusste von dubiosen Firmengründungsideen des Verlobten seiner Mandantin, da dieser seine Beratung diesbezüglich gesucht hatte. Seine Schweigepflicht verbot ihm nun, das anzusprechen. Aber er kannte die Abläufe in solchen Fällen: Der Ehemann fordert Bürgschaften von seiner Frau, um die erforderlichen Mittel für die Firmengründung zu erhalten; er überredet sie, ihr

Grundstück mit hohen Hypotheken zu belasten, für den gleichen Zweck, und so weiter und so fort. Und am Ende haftet sie mit ihrem ganzen Vermögen!

„Gut, wenn Sie wünschen, bereite ich einen Vertrag vor. Wir könnten dann einen Termin vereinbaren, an dem Sie mit Ihrem Verlobten kommen, um den Entwurf zu besprechen und dann den Vertrag zu schließen."

Damit verabschiedete sich der Notar von Karin, die sehr nachdenklich geworden, nach Hause zurückfuhr. Wie sollte sie das nur Thomas beibringen! Aber je mehr sie sich die empörte Reaktion von ihm vorstellte, umso mehr war sie entschlossen, den Rat des erfahrenen Anwalts zu befolgen. Das wäre ja direkt eine richtige Prüfung für die Echtheit und Belastbarkeit ihrer Beziehung! Sollte er sich tatsächlich strikt dagegen stellen, wäre seine Liebe zu ihr vielleicht doch nicht ganz so groß?!

Sie betrat ihre Wohnung mit dem festen Vorsatz, dieses Thema sofort anzuschneiden, sobald Thomas vom Kommissariat zurückkäme. Komisch, dass er dort schon wieder einbestellt gewesen war. Dieser Hauptkommissar schien bei seinen Ermittlungen wirklich nicht gut voranzukommen!

Kapitel 22

T homas war schon da und kam ihr entgegen. „Du, Karin, wir müssen dringend reden!"

„Genau das hatte ich ebenfalls vor, aber lass uns erst einen Tee trinken, der Tag war lang".

Sie stellte die Teetassen auf den Tisch beim Sofa, während Thomas das kochende Wasser in die Teekanne goss, und ließ sich dann seufzend nieder. Sofort kam Maunz, der sich inzwischen gut in ihrer Wohnung eingelebt hatte und strich ihr um die Beine. Als auch Thomas sich im Sessel niedergelassen hatte, sprang der Kater auf Karins Schoß, die ihn hingebungsvoll streichelte. Eine Weile war nur das Schnurren von Maunz zu hören. Dann setzten beide gleichzeitig an zu sprechen, aber Thomas sagte energisch:

„Lass mich zuerst!"

Damit war Karin gern einverstanden und hörte ihm geduldig zu. Er erklärte, dass er sein Studium vorzeitig beendet habe und nun plane, in die Softwareentwicklung zu gehen – er habe schon vielversprechende Kontakte zu Firmen, für die er arbeiten könne, es ginge z.B. da um die mechanische Steuerung von Händen und Geräten zum Gehen und dergleichen. Und wenn es da für ihn vielleicht zur Gründung einer eigenen Firma käme, wäre es doch gut, wenn sie vorher das Grundstück der Tante abstoßen würden, dann hätten sie die Freiheit, ein eigenes kleines Häuschen zu bauen, mit Büroräumen darinnen, das wäre doch super praktisch. Und auch da hätte er schon prima Kontakte zu einer Immobilien-Firma, die ein wirklich gutes Angebot gemacht hätte, denn Tante Amalies Grundstück läge inmitten eines großen, nun zur Bebauung freigegebenen Gebiets. Die Grundstückspreise waren dort bereits jetzt immens gestiegen.

Er bemerkte gar nicht, dass Karins Miene immer finsterer wurde. Und nun unterbrach sie ihn:

„Du hast mir doch immer erzählt, sobald du endlich Deinen Master hättest, stünde Dir auch eine Stelle als wissenschaftlicher Mitarbeiter offen und du wolltest dann deine Doktorarbeit schreiben! Und auf einmal schmeißt du das Studium ohne Abschluss hin? Ich fasse es ja nicht!" Erregt sprang sie auf. Kater Maunz flitzte erschrocken unter den Tisch, leise fauchend. „Und was soll das heißen, du hättest schon einen Käufer für Tantchens Haus!? Du weißt genau, ihr Wunsch war, dass ich es nicht veräußere, sondern darin lebe. Und genau das ist auch mein Wunsch, und ich gedenke das auch zu tun!" Kleinlaut fügte sie hinzu: „Und ich dachte immer, wir würden dort gemeinsam leben - du wärest genauso froh darüber, wie ich."

Das riss nun auch Thomas vom Sessel hoch.

„Ich habe nie gesagt, dass ich in diese alte Hütte einziehen wollte! Ist dir denn nicht klar, wie viel Kohle wir machen können, wenn diese Baufirma anbeißt? Wir hätten erst mal ausgesorgt!"

„Wie bitte? **Wir** können Kohle machen? Du meinst wohl, **du** bist scharf auf die Kohle! Nein, mein Lieber, ich war heute beim Anwalt, der bereitet einen Ehevertrag für uns vor und ich bin nur bereit, dich wirklich zu heiraten, wenn du einen solchen Vertrag unterschreibst."

Das war nun zu viel für ihn.

„Du machst mir meine Zukunft nicht kaputt!" Er packte sie am Revers ihrer Jacke und schrie sie an, was sie sich dabei denn wohl gedacht hätte. Er mache die Drecksarbeit und sorge dafür, dass die Alte endlich abkratze, damit sie an das versprochene Erbe komme, und nun wolle sie nicht mit ihm teilen!

Gerade zu diesem Zeitpunkt stand Birthe draußen

vor der Tür, sie war mit Karin für diesen Abend noch verabredet gewesen. Erschrocken hörte sie die Worte, die drinnen gebrüllt wurden und zog ihre Hand schnell vom Klingelknopf zurück. Also doch! Sie hatte schon von Anfang an den Verdacht gehabt, dass dieser Thomas beim Tod von Amalie nachgeholfen hat. Schnell griff sie ihr Handy und wählte den Notruf.

„Bitte die Polizei, ich wurde gerade Zeuge, wie jemand einen Mord gestanden hat. Kommen Sie schnell, der Täter ist äußerst aggressiv und brüllt herum – vielleicht ist meine Freundin in Gefahr, die bei ihm ist!" Sie nannte Namen und die Adresse und atmete auf, als sie hörte: „Sind schon unterwegs, zwei Beamte sind in einer Minute da!"

Drinnen steigerte sich das Gebrüll noch mehr. Karin hatte sich losgerissen und zurück geschrien, sie werde ihn anzeigen, sie könne doch nicht mit einem Mörder leben.

Aber ihr „Verlobter" wurde noch wütender: „Das werde ich zu verhindern wissen!", und seine großen Hände schlossen sich um ihren Hals und drückten zu.

Birthe wühlte leichenblass im Blumentopf auf dem Flur. Sie wusste, dass dort ein Schlüssel für Notfälle versteckt war. Und drinnen war es auf einmal so verdächtig still ...

Ihr Handy war immer noch eingeschaltet, die Notrufzentrale hatte das Getöse mithören können. Voller Angst um das Leben ihrer Freundin drehte Birthe mit zitternden Händen den Schlüssel, den sie endlich gegriffen hatte, im Schloss der Eingangstür und rannte in die Wohnung. Dabei schoss sie reflexartig Fotos von der Szene, die sich ihr dort bot.

„Lass sie sofort los!", schrie sie und warf sich zwischen den Angreifer und die Freundin. Überrascht und überrumpelt ließ er tatsächlich von ihr ab - Karin sank bewusstlos zu Boden. Genau im gleichen Augenblick stürmten Polizeibeamte in die Wohnung, und Handschellen schlossen sich um seine Handgelenke.

Kapitel 23

Der nächste Tag fand Thomas in der Arrestzelle der Polizei, bedrückt, aber noch nicht geschlagen, noch nicht all seiner Träume und Hoffnungen beraubt.

Ich werde mein Ziel, Karin zu heiraten und auch meine anderen Pläne zu verwirklichen, nicht so schnell aufgeben. Na gut, gestern Abend bin ich ausgerastet, aber Karin kann ich wieder zurückgewinnen, wenn man mir die Gelegenheit gibt, mich bei ihr zu entschuldigen. Hauptsache ist, dass ich aus diesem Bunker hier schnell wieder herauskomme, alles Andere findet sich dann – was will mir Fasner denn schon beweisen?

Es ging schon gegen Mittag, als sich erst, zum Ärger des Delinquenten, ein Termin für die weiteren Vernehmungen fand – den Vormittag hatte der Kommissar mit der Befragung von Birthe und den Polizisten verbracht. Hilfreich für die Klärung des Sachverhaltes könnten auch die Fotos sein, die gemacht wurden – sie stellten, jedenfalls auf den ersten Blick, deutlich dar, dass Helmers versucht hatte, seine Freundin zu erwürgen, was durch ein ärztliches Zeugnis, das ihm bereits vorlag, zusätzlich bestätigt wurde.

Das Gespräch im Verhörzimmer verlief zunächst ziemlich einseitig, Thomas hatte sich entschlossen, zur Sache nichts zu sagen.

Fasner eröffnete das Gespräch: „Herr Thomas Helmers, Sie werden des Mordversuchs an Frau Karin Mertens beschuldigt. Sie haben das Recht, die Aussage zu verweigern ..." und so weiter, die Belehrung über seine Rechte interessierten Thomas nicht sonderlich, gingen an ihm vorbei – er konzentrierte sich auf seine Aussagestrategie.

„Herr Helmers", fuhr der Kommissar fort, „Ihre Personalien sind bereits bei den ersten Befragungen aufgenommen worden, das können wir uns also ersparen", nickte er zur Protokollantin hinüber. „Lassen Sie uns also sofort zur Sache kommen: Sie werden beschuldigt, am gestrigen Abend gegen 20 Uhr versucht zu haben, Frau Karin Mertens in ihrer Wohnung zu erwürgen. Was sagen Sie zu diesem Tatvorwurf?"

Thomas erinnerte sich an den Spruch 'Intelligente Täter lügen mit der Wahrheit', den er einmal gelesen hatte, und beantwortete die Frage entgegen seines ursprünglichen Vorsatzes, zu schweigen.

„Nun, Herr Fasner, es stimmt, Karin und ich hatten gestern Abend eine Meinungsverschiedenheit, die ein wenig aus dem Ruder gelaufen ist – ich hatte mich wahnsinnig über ihre Idee eines Ehevertrages geärgert!"

„Und dann gehen Sie Ihrer Verlobten an die Gurgel? Kann ich nicht nachvollziehen! Sie hätten Ihre Verlobte umgebracht, wenn die Frau Hoffmann nicht dazwischen gegangen wäre!"

„Nein, nein, nein, so war das nicht! Zugegeben, ich war sehr erregt und habe sie vielleicht etwas zu hart angegangen, aber zu keinem Zeitpunkt wollte ich sie umbringen, das müssen Sie mir glauben, Herr Fasner!" Thomas setzt seinen ganzen Charme ein, um den Kommissar zu überzeugen, einschließlich treuer Augenaufschläge.

„Nun gucken Sie mal nicht so dackelig, Herr Helmers, ich glaube Ihnen kein Wort. Wir werden jetzt die Fotos auswerten, die Frau Hoffmann geistesgegenwärtig von Ihrer Tat gemacht hat, und dann werden wir sehen, ob der Staatsanwalt gegen Sie wegen Tätlichkeit oder Mordversuch ermitteln will. Bis dahin bleiben Sie unser Gast!"

„Herr Kommissar, das geht nicht, ich habe Termine, und ich will sofort einen Anwalt sprechen!" Thomas

135

hatte seine Lage immer noch nicht begriffen.

„Darf ich fragen, was für Termine? Herr Helmers, Sie sind hier bei der Polizei und nicht auf dem häuslichen Sofa. Ihre nächsten Termine sind hier, bei mir und beim Haftrichter, das sollten Sie nicht vergessen! Und was einen Anwalt betrifft: der steht Ihnen selbstverständlich zu. Haben Sie da einen Vorschlag, einen Anwalt Ihres Vertrauens? Wenn nicht, stellt Ihnen die Staatsanwaltschaft gern einen Pflichtverteidiger zur Seite. Und jetzt", er nickte in Richtung Beobachtungsfenster, „bleiben Sie bis zum Termin beim Haftrichter unser Gast. Auf Wiedersehen, Herr Helmers!"

Fasner und die Protokollantin verließen das Vernehmungszimmer, zwei Beamte traten ein und begleiteten einen völlig fassungslosen Mann in die Verwahrzelle.

Kriminalhauptkommissar Fasner ging, in Gedanken versunken, zurück an seinen Arbeitsplatz im großen Büro. „Ich habe ihn noch nicht hart genug angefasst, hätte ihm doch die Aussage von Birthe Hoffmann um die Ohren schlagen und vielleicht auch gleich das Thema Mord an Frau Busche ansprechen müssen – ich denke, er ist ein harter Brocken, und was haben wir denn schon an Beweisen?"

Es war Feierabend im Kommissariat, die Kollegen

hatten sich schon auf den Heimweg gemacht.

Haben wir etwas Wesentliches übersehen? Er ging noch einmal alle Unterlagen durch, die Protokolle nach dem Mord, die Aussagen von Jens Kruse und Herrn Schulz. Dabei fiel ihm in der Aussage des Stalkers etwas auf, das er zunächst nicht richtig bewertet hatte: „Ich sag Ihnen, wer der Mörder ist. Denn ich habe alles ganz genau gesehen!"

Und noch ein Gedanke stieg in ihm auf, die Worte von Birthe Hoffmann aus ihrer heutigen Aussage: *„Er hat gesagt, dass er die Drecksarbeit mache und dafür sorge, dass die Alte endlich abkratze, damit sie* (gemeint war Karin) *an das versprochene Erbe komme."* Zwei Zeugenaussagen zum Thema Mord – wenn das dem Haftrichter nicht genügt …

Er machte sich noch entsprechende Notizen, dann packte er seine Sachen, Thermoskanne und Brotdose, in seine Aktentasche, löschte das Licht der Schreibtischleuchte und wollte gerade in Hut und Mantel den Raum verlassen, als ihm noch ein Gedanke kam, den er noch notieren wollte, bevor er in den Bus nach Hause steigen würde. Ein paar Schritte zurück, Lampe wieder an, die Notiz geschrieben – dann war für heute endgültig Feierabend.

Das letzte Kapitel

Am nächsten Morgen erwachte Thomas nach einer unruhigen Nacht. Das in die Zelle gereichte Frühstück war mäßig – voller Verlangen dachte er an die erst wenige Tage zurückliegende Nacht mit Karin, das opulente Frühstück danach und ihre Verlobung. Und das sollte jetzt alles vorbei sein? Keine Karin, keine Hochzeit, kein Grundstücksverkauf? Nein! So behandelt man keinen Thomas Helmers! Wer hatte ihr denn nur den Floh mit dem Ehevertrag ins Ohr gesetzt? Bestimmt dieser komische Notar, er mochte den ohnehin nicht, völlig einseitig auf Karin fixiert. Und wer dachte an ihn und seine Wünsche und Bedürfnisse? Die Alte ins Jenseits zu befördern, war doch sowieso nur ein Akt der Gnade gewesen, lange hätte sie doch ohnehin nicht mehr gelebt, und durch ihn hatte sie wenigstens vor ihrem Ableben noch schöne Träume gehabt! Er lachte bei der Vorstellung, wie Amalie durch die Wohnung getaumelt sein musste, leise vor sich hin. Schade, das hätte er zu gern gesehen!

Seine Armbanduhr zeigte zehn Uhr, als sich die Zellentür wieder öffnete. „Bitte folgen Sie mir!" Der Polizist ging voraus durch den langen Gang, der im Präsidium zu den Büro- und Vernehmungsräumen führte, seitlich ging ein Treppenhaus ab, daneben ein Lift. Kurzzeitig schoss es Thomas durch den Kopf: *„Jetzt ist die Gelegenheit. Hau ab, Thomas Helmers, die Gelegenheit kommt nie wieder".*

Aber er verwarf den Gedanken, man könnte das als Schuldeingeständnis werten.

Im Büro der Ermittler wurde er, wie es nicht anders zu erwarten war, schon von Hauptkommissar Fasner in Empfang genommen:

„Guten Morgen, Herr Helmers, hatten Sie eine ruhige Nacht?" Etwas gemein, eine solche Frage an einen Delinquenten, als den sich Thomas sah, und entsprechend seine Reaktion:

„Herr Fasner, sparen Sie sich die Ironie! Sie behandeln mich hier wie einen Schwerverbrecher, obwohl ich lediglich einen etwas zu heftigen Streit mit meiner Verlobten hatte, den Birthe Hoffmann völlig falsch interpretiert und deshalb die Polizei gerufen hat. Ich verlange meine sofortige Freilassung!"

„Lieber Herr Helmers," Fasners Stimme wurde jetzt laut und schneidend, „Sie werden jetzt nicht nach

Hause gehen, sondern in meiner Begleitung zum Amtsgericht fahren, und dort wird aus einer vorläufigen Festnahme eine richtige, handfeste Inhaftierung, so wahr ich im nächsten Monat in Pension gehen werde. Es wird mir eine ganz besondere Freude sein, Sie hinter Gittern zu sehen!"

Thomas war erschrocken, seine Selbstsicherheit begann sich zu verflüchtigen: „Haftrichter? Ich? Und bitte weshalb?"

„Das sage ich Ihnen, wenn wir am Richtertisch sitzen." Fasner war nicht bereit, sich auf weitere Diskussionen mit dem Verdächtigen einzulassen, und schwieg. Schwieg auf dem Weg zum Wagen, schwieg, während sie beide in Begleitung eines weiteren Beamten im Gerichtsgebäude die Treppe, hinaufstiegen, schwieg in der Wartezone vor dem Richterzimmer, bis die Sache aufgerufen wurde.

Richterin Ute von Meierling sah gespannt von den vor ihr liegenden Akten auf:

„Guten Morgen, meine Herren, bitte nehmen Sie dort drüben am Tisch Platz, ich bin gleich soweit."

Fasner, der dieses Procedere schon von vorhergehenden Terminen kannte, wusste, dass diese Minuten die Gesprächsbereitschaft der Beschuldigten enorm positiv beeinflussten. Schweigen, und deshalb hatte er auf dem Weg nach hier auch nicht mit Helmers gesprochen, wirkt auf viele Menschen zermürbend, und die im Verhältnis zu Fasner noch sehr junge Richterin wusste ebenfalls um dieses Geheimnis.

Dann wandte sie sich dem Protokollanten zu: „Wir verhandeln heute gegen den Beschuldigten Thomas Helmers, 32 Jahre alt, ledig, keine Kinder, wohnhaft ...".

Die Formalitäten nervten Thomas. „Kommen Sie doch endlich zur Sache, Frau Richterin!", fuhr er ihr in die Parade.

Die sah ihn mit ihren großen wasserhellen Augen an, auf ihrer Stirn bildete sich eine steile Falte:

„Herr Helmers, vergessen Sie nicht wer und wo Sie sind - wann ich 'zur Sache' komme, entscheide hier noch immer ich." Ihr Tonfall war sehr energisch!

Fasner versuchte, unbeteiligt zu wirken, beobachtete aber ganz genau seinen Beschuldigten, der nach den Worten der Richterin doch etwas kleiner geworden war:

„Entschuldigung, Frau Richterin, ich bin halt so nervös wegen der ganzen Situation hier!"

„Herr Thomas Helmers!" Jetzt ging es los, konstatierte der, „Sie werden beschuldigt, auf eine perfide, hinterhältige Weise die Tante Ihrer jetzigen Verlobten, Frau Amalie Busche, ermordet zu haben. Was können Sie uns dazu sagen?"

Thomas sprang erregt auf: „Fasner, Sie elender Schnüffler, Sie haben mich reingelegt! Erst beschuldigen Sie mich, meine Verlobte umbringen zu wollen, und dann soll ich auch noch die alte Tante umgebracht haben. Sie werden mich kennenlernen!" Er wollte Fasner an den Kragen, ein Beamter hinderte ihn daran.

„Mäßigen Sie sich, Herr Helmers, sonst muss ich Sie aus dem Raum weisen, und wir verhandeln ohne Sie!"

Thomas nahm wieder Platz, wütende Blicke auf Fasner abfeuernd. Die Richterin fuhr fort:

„Aus den mir vorliegenden Unterlagen geht eindeutig hervor, dass es mehrere Zeugenaussagen und auch Indizien gibt, die Ihre Tat beweisen können. Zwei namentlich benannte Zeugen haben ausgesagt, dass Sie den Mord zugegeben haben, um sich über den Umweg einer Hochzeit mit Frau Mertens zu bereichern. Sie wurden gesehen, wie Sie die giftige Substanz unter den Tee der alten Dame gemischt haben, und in eben der Teedose", sie blickt erneut in ihre Unterlagen, „in eben dieser Teedose wurde Ihre DNA gefunden. Bitte nehmen Sie Stellung zu diesen Fakten, Herr Helmers!"

Thomas besann sich erneut auf seine ursprüngliche

Verteidigungs-Strategie *'Intelligenz lügt mit der Wahrheit'*, und dementsprechend war jetzt auch seine Antwort auf die Vorwürfe.

„Ich darf zunächst zu den angeblichen Zeugen etwas sagen. Die Zeugin, Frau Hoffmann, die Sie wahrscheinlich meinen, ist eine alte Freundin meiner Verlobten. Die beiden Frauen waren schon immer sehr eng miteinander, so dass ich schon hin und wieder das Gefühl hatte, sie hätten eine sexuelle Beziehung miteinander - aber das hätte mich nie gestört, kann ja auch mal ganz reizvoll sein, nicht wahr?" Er blickte herausfordernd zur Richterin, die aber ungerührt seinem Blick standhielt.

„Meinen Sie nicht, Frau Richterin, dass in dieser Situation eine Gefälligkeitsaussage durchaus in Betracht zu ziehen ist? Was den zweiten angeblichen Zeugen betrifft, kann ich nur sagen, dass es sich um einen Stalker handelt, den ich oft in Karins Nähe beobachtet habe und der alles täte, um dem Ziel seiner Liebe näherzukommen, um mich von meiner geliebten Verlobten zu trennen – ich betrachte dessen Behauptungen als frei erfunden! Von irgendwelchen Indizien wie der angeblich gefundenen DNA weiß ich nichts, dazu kann ich heute nichts sagen!"

Die Richterin blickte etwas erstaunt vom einen zum anderen: „Herr Fasner, was sagen Sie?"

Der war ebenfalls von der Strategie seines Gefangenen überrascht, dessen Blicke triumphierend auf ihm lagen, als wolle er sagen *'Dann mach mal, nachher gehe ich nach Hause'*. Die Richterin sah ihn erwartungsvoll an, er musste jetzt dazu Stellung nehmen.

„Verehrte Frau Richterin, der Beschuldigte versucht jetzt, die Zeugen zu diskreditieren, was ihm aber nicht helfen wird. Ich habe Frau Hoffmann als eine aufgeschlossene intelligente junge Frau kennengelernt, der ich ohne jedes Zögern glaube, wenn sie eine Aussage macht. Was den jugendlichen Schwärmer betrifft: er hat zwar eindeutig Frau Mertens beobachtet, jedoch auch den Beschuldigten dabei beobachtet, als der zunächst die Teedose des späteren Opfers entleerte, dann etwas hinein schüttete und anschließend den ursprünglichen Inhalt wieder zufügte. Anschließend hat Herr Helmers die Dose mit einem Taschentuch wieder abgewischt. Wir haben in der Teedose übrigens", und damit wandte er sich an Thomas, „eines Ihrer Haare am Boden finden können. Frau Richterin, Sie finden die Analyse am Ende des Schriftsatzes. Die DNA stimmt mit der von der Zahnbürste des Beschuldigten entnommenen Probe überein."

Richterin Ute von Meierling blätterte den Schriftsatz erneut durch, las ihre Notizen, die sie während der Verhandlung gemacht hatte. Dann blickte sie auf und entschied: „Der Beschuldigte Thomas Helmers wird wegen des Verdachts, Frau Amalie Busche getötet zu haben, in die Untersuchungshaft überführt. Über die Beschuldigung des Mordversuchs an Frau Karin Mertens wird in einem separaten Verfahren entschieden. Die Sitzung ist geschlossen."

Sprach's, nahm ihre Unterlagen, erhob sich und ging hinaus.

In Thomas Augen war der blanke Hass zu sehen. Er erhob sich, während er dem Kommissar zuflüsterte: „Irgendwann wirst du es bedauern, dich mit mir angelegt zu haben!"

ENDE

Die AutorInnen

Hanna Seipelt

www.hanna-seipelt.de
hanna.seipelt@ewetel.net

Karl-Heinz Knacksterdt

khkold-autor.jimdo.com
khkold@ewe.net

Ilka Silbermann

www.ilka-silbermann.de
ilkasil@hotmail.de

Sie können die AutorInnen für Lesungen aus ihren Werken buchen. Anfragen bitte per Email.